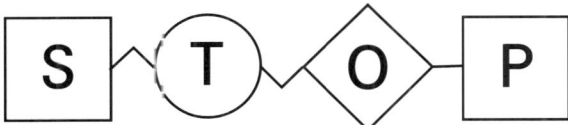

작가페이지

김용욱(필통밴드)

거창하지 않은 삶, 스쳐가는 감정.
필통밴드는 단순한 노래를 넘어, 이야기를 품은 음악을 만들어간다. 'B.S.T'(Book Sound Track)라는 새로운 장르를 통해 한 권의 책에 담긴 세계를 음악으로 확장하고, 그 감정의 결을 독자이자 청자에게 입체적으로 전하고자 한다.

S.T.O.P

〈부제 : 당신의 인생은 기억되지 않았습니다〉

Intro

책을 여는 당신, 그 모습이 참 아름답습니다.
지금 당신 앞에 한 권의 이야기와 열한 개의 멜로디가
놓여 있습니다.
음악과 함께 기억되지 않은 이야기를 만나보세요.

- 이야기를 듣고, 음악을 읽다 -

− QR을 스캔하면 음악이 나옵니다 −

00

B.S.T(Book Sound Track). Rainbow Story

많이도 힘들었지 따스한 말 한마디가 필요해
달리 뭐 필요 없지 어떠한 위로란 게 말이야
집 앞 편의점에 들러 마시는 맥주 한 캔도
밥보다 많이 먹는 커피 한 잔 속에도 담겨 있네

내 삶의 걸음이 조금 늦어도 괜찮아
내 편 되어 줄 사람 하나 없다가 싶다가 그렇지 뭐

또 다른 마음속에 떠오르는 그림 하나
별일 없는 하루를 아주 잘 견뎌 왔어
인생의 모양이 다 똑같을 리 없는데
그럴 리 없는데

내 앞에 놓여 있는 시간의 상자 속에는
별것 없는 하루의 끝자락만 쌓여 가지만
괜히 나 눈물 났지 어둔 밤하늘이 나를 닮아서
잠시 나 떠올렸어 오래전 넣어 뒀던 내 꿈들을
어쩌면 많이도 달라진 낯선 내 모습 속에
감춰진 또 다른 내가 안쓰럽기도 하네

인생의 모양이 다 똑같을 리 없는데
그럴 리 없는데
아마도 더 가야 할지 몰라
그래도 기다려 볼래
내 앞에 펼쳐진 무지개의 얘기를

작사 : 오승아 / 작곡 : 필통밴드

S.T.O.P
부제 : 당신의 인생은 기억되지 않았습니다

INTRO... 004

00. B.S.T(Book Sound Track) - Rainbow Story ... 006

#1
영혼들의 쉼터... 010

01. B.S.T(Book Sound Track) - 배가성... 020

#2
처음... 033

02. B.S.T(Book Sound Track) - 빈칸(Feat.그대)... 046

03. B.S.T(Book Sound Track) - 그대라서 참 좋은걸요... 058

#3
선물... 061

04. B.S.T(Book Sound Track) - 그대라서 참 좋은걸요(Remake Ver.)... 076

05. B.S.T(Book Sound Track) - 선물... 088

#4
We're all crying... 091

06. B.S.T(Book Sound Track) - We're all crying... 114

#5
Ocean's Lament... 117

07. B.S.T(Book Sound Track) - 엄마야 아빠야... 134

08. B.S.T(Book Sound Track) - 고백... 147

#6
인연의 별... 149

09. B.S.T(Book Sound Track) - 그대여... 170

#7
Last Journey... 173

10. B.S.T(Book Sound Track) - Fade into the Light... 190

Outro... 192

#1
영혼들의 쉼터

영혼들의 쉼터

코끝이 움찔했다. 아무런 맛도 나지 않을 것 같은 특유의 냄새는 내게 너무 익숙했다. 차갑게 스며든 회색빛 안개가 슬며시 볼에 묻어났다. 눈앞에 여고가 서 있었다.

나의 수호천사

나는 매번 여고를 볼 때마다 가슴 깊숙한 곳이 투명하게 비워지는 느낌이 들곤 했다. 여고의 눈은 언제나 따뜻하고, 그 속에는 온화한 빛이 가득했다. 따뜻한 빛을 담은 그의 눈동자는 마치 내 모든 것을 꿰뚫어보는 것 같았다. 여고는 한 치의 흐트러짐도 없이 검은색 블레이저 재킷을 걸치고 서 있었다. 반듯한 선을 따라 매끄럽게 떨어지는 실루엣 아래로 살짝 보이는 하얀 셔츠의 깃이 단정하게 접혀 있었다. 검은 슬랙스는 흠잡을 데 없이 깔끔했고,

새하얀 신발에는 얼룩 하나 없이 빛이 났다. 등 뒤로 보이는 부드럽고 풍성하게 펼쳐진 순백색의 날개는 그의 현대적인 패션과 묘하게 어울렸다. 부드러운 깃털은 층층이 겹쳐져 있어 마치 살아 있는 것처럼 은은하게 떨리고 있었다. 빛을 받을 때마다 미세하게 일렁이는 깃털 사이로 영롱한 빛이 흩어졌다. 온화한 기운이 여고의 주변을 둥글게 감싸고 있었다. 큰 키와 더불어 풍겨져 나오는 아우라가 역시나 늘 당당해 보였다.

영혼들의 쉼터

이번 생을 마감하고 다음 생을 준비하는 곳.
나는 대략 700번이 넘는 환생을 해 왔다. 전에 노르웨이 로보텐에서 어부로 살았을 때 만났던 로타가 지나가다 나를 알아보더니 눈을 찡긋댔다.
"어! 벌써 다시 돌아왔어요?"
이번엔 이집트에서 피라미드 돌을 쌓을 때 만났던 히바로드였다. 나는 멋쩍은 미소로 대답을 대신했다. 그제야 회색빛이 걷히고 초록색이 가득한 쉼터가 눈에 들어왔다. 길 양옆으로 이팝나무 잎들이 서로 엉켜 있는 것이 마치 하얀 솜구름 같았다. 벤치에 앉아 있거나, 잔디에 누워 옹기종기 모여 있는 영혼들은 각자의 생을 이야기하느라 매우 분주해 보였다. 호기심 가득한 눈빛과 마르지 않는 입술, 고통스러운 표정과 행복이 충만한 미소들 사이로 쉼터는 왁자지껄한 소리로 가득했다.

"웬일로 말이 없네요."

여고는 나를 바라봤다. 평소와 같은 따뜻한 눈빛이었지만, 이번엔 어딘가 조금 더 신중해 보였다. 그는 내 눈치를 살피는 듯 조심스럽게 말을 건넸다. 나는 한동안 입을 떼지 못했다. 대신에 천천히 숨을 들이마셨다. 그리고 마침내 조용히 말했다.

"이번 생은... 좀 달랐어요."

여고는 천천히 걸음을 멈추더니 손끝으로 자신의 셔츠 소매를 한 번 정리했다. 아주 사소한 동작이었지만, 어딘가 의미심장해 보였다. 아직도 온몸에서 매캐한 냄새가 피어오르는 듯했다. 나는 의식적으로 여고와 조금씩 거리를 두며 걸었다.

"어떻게 달랐는데요?"

여고는 내 눈을 피하지 않았다. 나를 재촉하지도 않았다. 그저 가만히 기다려 주었다. 내가 충분히 말할 준비가 될 때까지 그는 그저 기다렸다.

"영혼과 몸이 하나가 되기 전에 생이 끝나버린, 아주 짧은 생이었어요. 하지만 아주 긴 여운이 남았어요." 나는 숨을 깊이 들이마셨고, 짧게 내신 후 더욱 깊게 들이마셨다.

쉼터 안쪽으로 더 들어가자, 호수처럼 보이는 탁 트인 넓은 공간이 펼쳐졌다. 그 공간은 이번에도 어김없이 영혼의 길목에서 조용히 나를 맞이하고 있었다. 공간에는 마치 은은한 은빛 가루들이 흩어진 듯, 신비로운 안개가 넓게 퍼져 있었다. 그래서인지 나의 존재마저도 흐릿해지는 기분이 들었다. 나는 여고와 함께 아무 말 없이 그 호수 안으로 걸어 들어갔다. 마치 물 위를 걷는 듯한 착각이 들었다. 발이 살짝 젖을 만큼 얕은 물이었다. 물 아래에는 맑고 투명한 땅이 드러나 있어 더 깊은 곳까지 시야가 닿았다. 투명한 땅 밑으로 형체를 알 수 없는 감정의 조각들이 유유히 흐르고 있었다. 누군가의 슬픔이 스민 감정의 조각들은 물결을 따라 흐르다, 곁을 지나는 따스한 기억과 조용히 섞였다. 그리고 하나의 은은한 빛 무리로 다시 피어났다. 이곳에는 언제나 감정의 파편들이 고여 있다. 숨기려 했던 기억들과 사라지지 않고 지워지지도 않는 순간들이 여기 이곳에서 조용히 흐르고 있다. 내 안에 묵직하게 남아 있던 감정도 이 호수 아래 어딘가에 함께 섞여 있는 듯했다. 여고와 나는 나란히 걸었다. 주변은 너무 조용했다. 우리의 발소리조차 들리지 않았다. 그저 여고와 나의 숨소리만을 그린 조용한 악보처럼... 그곳은 고요했다.

익숙하다.

그러나 결코, 가볍게 느껴지지는 않았다.

이곳을 지날 때마다 나는 조금씩 비워지곤 했다. 그리고 오늘도 나는 여고와 함께 이곳을 조용히 걷고 있었다.

호수를 지나자 어김없이 깊은 숲이 펼쳐졌다. '기억의 숲' 나는 고개를 돌려 팻말을 바라보았다. 굳이 말하지 않아도 모든 영혼은 이곳의 존재를 알고 있다. 아무도 말하지 않고, 아무도 외면하지 않는다. 우리는 그저 이 숲을 지나가야만 했다.

땅은 부드럽게 발을 삼켰다. 낙엽처럼 부서진 기억들이 바닥에 깔려 있어 걸을 때마다 바스락 소리를 냈다. 잎은 모두 창백한 무채색이었다. 이 숲의 나무마다 이름 없는 과거가 달려 있다. 그 과거는, 한때 존재했지만 지금은 아무도 기억하지 못하는 것들이다. 누군가의 첫사랑, 보고픈 그리움, 꺼낼 수 없는 진심, 혹은 잃어버린 기억들이 모두 이 숲 어딘가에서 낙엽이 되고, 안개가 되어 떠다닌다. 나는 걸으면서 문득 어디선가 익숙한 냄새를 맡았다. 마치 시간이 멈춰 있던 낡은 옷장에서 꺼낸 누군가의 온기가 잠시 머물렀던 냄새 같기도 했다. 사라진 무언가가 조용히 되돌아온 듯한 기분이 들었다. 내가 잃어버린 기억일까? 아니면 일부러 놓아버린 기억일지도… 여고는 나보다 한발 앞서 걷고 있었다. 그는 말이 없었다. 그리고 나도 그에게 말할 필요를 느끼지 못했다. 이 숲에서는 누구도 서로에게 말을 걸지 않는다. 망각은 고요 속에서 이루어지기 때문이다. 그렇게 우리는 천천히 숲을 걸었다. 누구도 말을 걸지 않았고, 누구도 묻지 않았다. 나무들이 하나둘 사라지자, 고요함도 커튼이 열리듯 사라졌다. 다시 영혼들의 왁자지껄한 소리가 들려왔다. 숲의 가장자리에 작은 공터가 보였다. 그 중심에서 아주 익숙한 목소리가 들려왔다. 여고는 멀찍이 서서 옹기종기 모여 앉은 한 무리의 영혼을 바라보고 서 있었다. 나도 여고와 함께 그곳을 바라보았다.

#1 - 영혼들의 쉼터

"나는 배가성이란 별에 있다가 왔어요."

이번에 배가성을 처음 갔다 온 타냐가 깍지 낀 두 팔을 앞으로 쭉 뻗으며 한 무리의 영혼들에게 신이 난 듯 말을 이어가고 있었다. 눈동자는 흥분으로 반짝였다. 그녀를 둘러싼 영혼들은 자연스럽게 귀를 기울이며 타냐의 얘기에 집중하고 있었다.

"배가성은… 지구와는 아주 달라요."

타냐는 다시 한 손을 위로 들어 올려 허공을 가리켰다. 그녀의 손끝을 따라 영혼들의 시선도 따라 움직였다.

"하늘이요? 그곳은 지구처럼 푸른빛이 아니에요. 햇빛이 없거든요. 대신 은은한 빛이 온 세상을 떠다녀요. 마치 우주가 직접 별 가루를 뿌려놓은 것처럼 말이죠. 빛은 어디에나 존재하지만, 그곳에서 시간은 별로 중요하지 않아요."

한 영혼이 조용히 속삭였다.

"무슨 말이야? 시간이 중요하지 않다고?"

타냐는 눈을 반짝이며 말했다.

"배가성에서 시간은 의미가 없어요. 그곳의 존재들은 지구 나이로 425년을 살지만, 아무도 오늘이 며칠인지 몇 년이 지났는지 같은 걸 세지 않아요. 오직 기억으로 삶을 쌓아가죠. 시간에 쫓기거나 늙어간다는 개념 자체가 없어요."

그녀의 말에 몇몇 영혼들이 조용히 탄성을 흘렸다. 그녀는 작게 숨을 들이마셨다. 그리고 천천히 말을 이어갔다.

"배가성에서는 누구도 다투지 않아요. 원하는 것이 있으면 그저 마음 안에 머무는 빛을 끌어다 써요. 그 빛으로 허기를 달래고, 안식을 짓죠. 하지만 아무도 그것들을 두고 싸우지 않아요."

영혼들 사이에서 작은 술렁임이 일었다. 한 영혼이 조용히 물었다.

"정말… 아무도 서로 다투지 않나요?"

타냐는 고개를 끄덕였다.

"네, 배가성에서는 모든 게 너무 완벽하니까요. 아픔도 없고, 슬픔도 없고, 부족함도 없어요. 그러니 간절한 마음도 없어요. 다들 느긋해요. 조급함도, 후회도 없어요. 왜냐면 배가성에서는 해야만 하는 것이 없거든요. 누구도 경쟁하지 않고, 누구도 실패하지 않아요. 그리고… 거짓 영웅도 없어요."

"풋"

− QR을 스캔하면 음악이 나옵니다 −

01

B.S.T(Book Sound Track). **배가성**

머나먼 저 별에 그곳에는
신비한 또 누군가들이
살고 있을까?
숨결처럼 부서지는 기억들이
어디선가 들려오는 노랫소리에
끝없는 별이 춤을 추네

저 멀리 배가성에서 내게 보낸
작은 손짓 하나 나에게 말하고 있어

작은 촛불 하나가
빛이 나 수없이 많은 별 중에
우린 서로 이렇게 가까이 있어
작은 촛불 하나가 빛이 난데

어느 날 나에게 보내왔지 작은 손짓
미지의 그곳을 기대하며 나는 떠났지
떠다니는 빛 가운데 은빛의 작은 파동
공기 속을 떠다니며 아득한 꿈을 속삭이네

저 멀리 배가성에서 내게 보낸
작은 손짓 하나 나에게 말하고 있어
작은 촛불 하나가
빛이 나 수없이 많은 별 중에
우린 서로 이렇게 가까이 있어
작은 촛불 하나가 빛이 난데

작사/곡 : 필통밴드

타냐의 말에 나도 모르게 웃음이 새어 나왔다.

"배가성에서 예측하지 못해 생기는 일은 오직 새로운 영혼이 오는 거였어요... 잉태의 나무에 걸려 있죠."

그때였다. 쉼터 공간이 잠시 조용히 떨렸다. 마치 얇은 유리 위를 스치는 바람처럼 투명한 파동이 공중으로 번져갔다. 공간 전체가 숨을 멈춘 듯했다. 그 틈 사이로 한 마리의 거대한 유리새가 빠져나와 공중으로 솟구쳤다. 거대한 날개는 망설임 없이 공중을 가르고 있었다. 투명한 몸체 안으로는 희미한 별무리 같은 빛들이 회오리치고 있었다. 유리새는 어떠한 소리도 내지 않았다. 그저 날갯짓 하나로 쉼터 전체가 멈춘 듯 고요에 잠기게 했다. 유리새의 시선이 타냐를 스치자 타냐의 수호천사는 재빨리 그녀 쪽으로 몸을 돌렸다. 그리고 손짓으로 타냐의 입을 다물게 했다. 유리새는 타냐 위를 낮게 선회하며 고개를 한 번 끄덕이듯 움직였다. 경고는 그것으로 충분했다. 수호천사는 한 손으로 그녀의 어깨를 감싸며, 조용히 말했다.

"쉿! 이제 그만."

그제야 유리새는 공중을 돌며 바람 한 줄기만 남긴 채 조용히 사라졌다. 그 흔적은 마치 환상처럼 느껴졌다. 다시 쉼터의 소음이 조금씩 돌아오기 시작했다.

"참... 빡빡하긴."

타냐는 입을 삐죽이며 툴툴거렸다. 이야기꾼 타냐의 주변에는 항상 많은 영혼들이 있었다. 하지만 타냐에겐 고질적인 문제가 있었다. 영혼끼리도 서로 얘기해서는 안 되는 것들이 존재하는데, 타냐는 늘 그 선을 넘고 말았다.

"앞으로 또 가게 될지 몰라요. 타냐...."

나는 빠르게 무리를 스쳐 지나며 혼잣말을 뱉었다. 그리고 다시 걸음을 옮기려는 순간, 어느새 캡슐 모양을 한 노란 이동선이 여고와 내 앞에 멈춰 섰다. 문이 열리고 우리는 자연스럽게 캡슐에 올라탔다. 느란 캡슐은 부드럽게 공중에 떠오르더니 온통 하늘색 물감이 칠해진 듯한 공간을 뚫고 그곳을 향해 출발했다.

"무슨 말을 써야 할까요?"
나는 옆에 있는 여고에게 물었다. 캡슐 안은 벽면이 투명했다. 마치 하늘을 날고 있는 느낌이 들었다.
"글쎄요... 그 속에도 의미가 있지 않을까요?."
"의미요?"
나는 코웃음 치며 물었다.
"어쩌면 우리가 처음부터 깨달아야 할 의미란 건... 없었을지도 몰라요."
지구에서의 삶은 늘 많은 생각을 하게 했다. 복잡했다. 그렇지만 또, 역동적이었다. 그래서 가장 매력적이었다. 이번 생보다 훨씬 독하고 비극적인 삶은 너무도 많았을 것이다. 그리고 모든 인생마다 나에게 의미가 있다고 생각했다.

하지만...

어느새 캡슐 밖은 짙은 어둠이 내려앉았고, 저 멀리 별들이 촘촘히 박혀 있는 거대한 벽이 모습을 드러내기 시작했다. 처음 이 광경을 가까이서 봤을 때는, 지금껏 눈으로 본 모든 순간들을 압도할 만큼 강렬하고 신비스럽게 느껴졌다. 무수히 많은 별을 담은 밤하늘이 하늘 위가 아닌 바로 내 눈앞에 땅과 직각으로 펼쳐져 있었다. 박혀 있는 별의 크기도, 모양도, 빛의 색깔도 모두 달랐다.

"인연의 별들." 나는 작은 소리로 읊조렸다.

유난히 빛나는 별을 향해 점점 다가가자 별은 캡슐과 똑같은 형태로 빛을 내고 있었다. 그 별은 생과 생 사이를 이어주는 또 하나의 미지의 별이었다. 마치 심장을 조용히 두드리는 빛 같았다. 따뜻하지만, 그 울림은 아프도록 깊었다. 캡슐은 순식간에 별과 하나가 되듯 그 별의 공간 속으로 빨려 들어갔다. 별의 내부 공간은 마치 지하철 터널을 연상케 했다. 캡슐은 옆으로 미끄러지듯 이동했고, 공간은 끝을 가늠할 수 없을 만큼 멀리까지 이어져 있었다. 그 형태는 거대한 둥근 원형의 통로였다. 천장은 완전히 투명했다. 머리 위에는 경계조차 느껴지지 않는 하늘이 펼쳐져 있었다. 그 깊고 어두운 공간엔 별빛이 이슬처럼 맺혀 있었다. 반대편으로 또 다른 이동선들이 일정한 속도로 나란히 흘러가고 있었다. 나는 창문 너머로 일정한 간격으로 놓인 문들을 한동안 지나쳤다. 문 위마다 영혼의 이름이 빛나고 있었다. 이동선은 그 앞에 닿을 때마다 속도를 늦췄다. 마치 내가 그 이름 하나하나를 마음에 새길 수 있도록 아주 잠깐 멈춰주는 듯했다. 나와 인연이 있었던 영혼들은 모두 이곳에서 자신만의 공간을 가지고 있었다. 하지만 내가 볼 수 있는 건 오직 문 앞에 새겨진 영혼들의 이름뿐이었다. 문은 모두 닫혀 있었고, 문 위의 이름들은 초록색, 노란색, 보라색으로 빛나고 있었다. 다른 색의 빛들도 있었지만, 어떤 색이라고 표현해야 할지 떠오르지 않았다. 나는 조심스럽게 손을 내밀어 가우소의 이름이 적힌 문을 가리켰다.

"어! 가우스 이름의 색이 바뀌었어요." 나는 신기하다는 듯 말했다.

"좀 전까지 짙은 초록색이었는데, 지금은 조금 옅어진 보라색처럼 보여요. 그렇지 않아요, 여고?"

여고는 천천히 다가와 창문 앞에서 가우소의 색을 바라보았다.

"그러네요. 뭔가 변화가 있었나 봐요."

나는 문을 가만히 바라보았다. 초록색이던 이름이 점점 연해지더니 보라색이 스며들면서 천천히 섞이고 있었다. 마치 가우소가 가진 삶의 기억이 시각적으로 표현되는 것 같았다. 나는 여고를 바라보며 물었다.

"저 색들은... 도대체 뭘 의미하는 거죠?"

여고는 한참 동안 침묵했다. 그리고 조용히 말했다.

"영혼들은 각자의 감정과 깨달음, 그리고 삶의 기억을 색으로 남겨요. 어떤 색은 끝맺음을, 어떤 색은 갈망을 의미하죠. 그리고 또 어떤 색은... 완전한 소멸을 의미하기도 해요." 나는 다시 가우소의 이름을 바라보았다. 이름은 옅은 보라색으로 반짝거리고 있었다.

"그럼... 보라색은 무슨 의미예요?"

여고는 잠시 고민하는 듯하더니, 고개를 살짝 갸웃하며 말했다.

"완전한 깨달음의 바로 전 단계... 혹은, 새로운 물음이 시작되는 시점."

"그럼, 색이 변하면 그 영혼은 다시 또 환생하는 건가요?"

여고는 나를 바라보며 희미한 미소를 지었다.

"그건... 각자의 선택이죠. 어떤 영혼은 또 다른 의미를 찾으려 다시 길을 떠나고, 어떤 영혼은 완전한 깨달음을 얻어 새로운 길을 가죠."

나는 다시 문을 바라보았다.

그때였다.

이번에는 한 개의 문이 아니었다. 나란히 붙은 두 개의 문이 마치 서로의 빛을 반사하듯 쌍둥이별처럼 빛나고 있었다. 하나는 연한 분홍빛과 금빛이 섞인 색이었고, 다른 하나는 어두운 남색과 짙은 녹색, 그 사이를 흐르는 희미한 회색빛이 감도는 문이었다.

하나의 빛은 너무 눈부셔서 문 앞에 쓰여 있는 이름조차 보이지 않았다. 또 다른 빛은 마치 무언가를 오래도록 품고 있던 고요한 등이 떠올랐다. 나는 말없이 두 개의 문을 바라보았다. 그리고 문득 알 것 같았다. 저 문들이 나와 얼마나 깊은 인연의 흔적을 품고 있는지를.

"여고... 저 둘의 색은 어떤 의미예요?"

여고는 한참을 바라보다가 조용히 말했다.

"그리움이 아직 다 사라지지 않았다는 뜻이에요."

나는 고개를 끄덕였다.

"그리움이었군요. 서로를 향한... 애틋한 그리움."

어쩌면 그들은 나보다 먼저, 자신만의 결말을 찾았는지도 몰랐다. 나는 저 두꺼운 문 너머에 있는 다른 영혼들의 공간이 늘 궁금했다. 이 공간에 관한 이야기를 다른 영혼들과 나눠 본 적은 없었다. 수호천사들이 늘 경계하며 다독였기 때문이다.

"천국은 정말 있을까요. 여고?" 나는 고개를 휙 돌려 여고에게 물었다.

"하하! 갑자기 천국이라뇨." 여고는 뒷짐을 지고 있던 손을 풀며 말했다.

"글쎄요... 나도 잘 모르겠는데요."

"당신은 수호천사잖아요. 천사가 그것도 몰라요?." 나는 따지듯 여고에게 되물었다.

"천사면 천국에서 보낸 거 아니에요? 여고, 당신은 왜 천사가

된 거예요?" 나는 계속해서 질문했다.

"나는 천사가 아니에요. 나오스, 당신이 그렇게 불렀을 뿐이죠. 나 역시 우리 영혼들의 레벨 세계 말고는 아는 게 없어요. 내가 할 수 있는 건 당신이 한 차원 더 높은 레벨의 영혼이 되도록 돕는 것뿐이에요." 여고는 다시 고개를 돌려 캡슐 밖을 응시했다. 캡슐 옆으로 또 다른 이동선 하나가 지나갔다.

"지옥이 없다는 건 알겠어요. 하지만 천국은 어쩌면 있을지도 모르겠다는 생각이 들었어요. 우리가 가는 마지막 종착역이 혹시 천국은 아닐까... 생각했죠."

여고는 나를 격려하듯 작게 고개를 끄덕였다.

"나오스."

내 영혼의 이름.

드디어 도착했다. 오래된 가죽처럼 보이는 거칠고 질긴 무언가가 가득 문을 덮고 있었다. 문은 마치 두꺼운 책의 표지 같았고, 문 앞에 새겨진 이름에서는 강렬한 초록빛이 뿜어져 나오고 있었다. 캡슐이 문 앞으로 다가가자, 캡슐과 문이 동시에 열렸다. 여고와 난 익숙하게 문을 통과해 안으로 들어갔다. 은은한 소리가 들려왔다. 공간은 신비로운 색감들로 가득했다. 바닥에는 고급스러워 보이는 짙은 나무 위에 투명한 대형 유리 카펫이 깔려 있었다. 유리 카펫 안으로 푸른색과 옅은 녹색, 그리고 은은한 금빛이 조화를 이루며 빛나고 있었다. 내가 다가가자, 유리 카펫 위에 그려진 우아한 꽃과 나뭇가지, 그리고 새들이 움직이기 시작했다. 카펫 사이사이로 보이는 에메랄드 빛깔의 모자이크 타일은 빛나는 보석처럼 반짝이고 있어 공간에 신비함을 더했다. 고개를 들자 천장에는 무수히 많은 별과 별자리들이 가득했다. 마치 밤하늘을 바라보는 듯한 착각이 들었다. 공중에는 빛나는 수정 구슬과 떠다니는 화려한 랜턴들, 그리고 여러 가지 장식들이 물 위에 떠다니듯 움직이며 특별한 조명처럼 공간을 밝히고 있었다. 유리 카펫을 따라 조금 걸어가자 커다란 원형 모양의 서가가 공간 전체를 감싸고 있었다. 서가는 마치 살아 있는 나무로 만들어진 것처럼 보였다. 가지와 잎사귀들이 서가의 구조를 이루고 있었다. 그 안에는 꽤 많은 책이 제각각 놓여 있었다. 커다란 잎사귀에 누워 있거나 가지들 사이에 세워져 있기도 하고 몇 권씩 뭉텅이로 쌓여 있기도 했다.

모두가, 나의 인생이었다.

"책을 들여다보는 건 안 될까요?"

나는 여고에게 물었다. 지금껏 나는 단 한 번도 나의 인생을 들춰본 적이 없었다.

"그건 내가 허락할 수 있는 게 아니에요. 책이 허락한다면 열릴 것이고, 그렇지 않다면 열리지 않을 거예요. 한번 시도해 봐요."

여고는 서가에 꽂혀 있는 책 한 권을 조심스럽게 꺼냈다. 그리고 첫 장을 넘기려 했지만, 책은 열리지 않았다. 또 다른 책 역시 꿈쩍도 하지 않았다. 나도 손이 이끄는 곳에서 책 한 권을 꺼냈다.

299번째 인생

그러자 공중에서 부드러운 빛을 발하는 수정 구슬 두 개가 책 위로 다가와 멈췄다. 가로가 긴 모양의 책은 파스텔톤 색감이 꽤 고급스럽게 느껴졌다. 책은 먼지 하나 없이 깨끗했다. 나는 책에 시선을 고정한 채 천천히 걸음을 옮겼다. 구슬은 계속해서 나를 따라왔다. 원형 모양의 서가 중앙에는 고급스러운 가죽 소파와 다리가 없는 의자 두 개가 공중에 떠 있었다. 나는 천천히 의자에 다가가 앉았다. 그리고 두꺼운 책 표지를 손으로 한번 쓸어 보았다. 단단해 보이는 표지에서는 힘이 느껴졌다. 망설여졌지만, 조심스럽게 검지를 넣어 올렸다. 천천히 책이 열렸다. 구슬에서 더 강한 빛이 나오기 시작했다. 책의 첫 장이 스르륵 하고 넘어가는 순간, 공간이 일렁였다. 눈앞이 하얘졌다. 아니, 무너졌다. 모든 감각이 멀어지고, 숨이 가빠졌다. 그리고, 단 한 줄의 문장이 눈앞에 떠올랐다.

아름답고 찬란했다.

"아름답고 찬란했다고?"

난, 마치 모래 속에서 진주를 찾듯이 기억을 더듬었다. 깜박이던 눈이 멈췄다. 가느다란 눈꺼풀이 미세하게 올라갔다. 나는 떨리는 손으로 책장을 넘겼다. 그리고 그 순간, 강렬한 빛이 터져 나왔다. 그 빛은 나를 덮쳤다. 눈을 감아도 보일 정도로 눈부신 빛이었다. 그 빛 가운데 나는 서 있었다. 나는 그곳에 여전히 존재하고 있었다.

나는,

나는,

나는,

그때였다. 서가 깊은 곳에서 울림이 퍼지며, 거대하고 웅장한 음성이 나의 귀를 때렸다.

"무슨 말을 쓰고 싶죠?"

#2
처음

처음

후두둑...
툭

 소영의 손이 그림을 따라가다 그대로 멈췄다. 멈춰 선 붓에서 검은 물감이 번졌다. 소영은 자리에 일어나 소리가 난 곳을 향해 걸어갔다. 다양한 스케치와 그림, 조각들이 미술실 공간을 가득 채우고 있었다. 풋풋했던 학생들의 눈과 붓으로 담아낸 멈춰 있는 순간들이 미술실 곳곳에 놓여 있었다. 창틀 사이로 밝은 햇살에 비친 먼지가 뽀얗게 흩어졌다. 여기저기 페인트자국이 묻은 바닥 위, 어수선하게 놓인 테이블들 사이로 분홍 수첩 하나가 떨어져 있었다. 창문 너머에도 누군가의 소지품들이 어지럽게 널브러져 있었다. 소영은 바닥에 떨어진 분홍 수첩을 집어 들었다. 먼지가 앉은 끈이 손 끝에 스치자, 그녀는 숨을 죽인 채 수첩의 끈을 조심스레 끌어올렸다.

나를 기억하지 마세요
나도 당신들을 기억하지 않겠습니다.
나를 떠올리지 마세요.
나도 당신들을 떠올리지 않겠습니다.
나로 인해 당신들이 고통이라면,
그건 내가 그동안 견뎌 온 고통이라 생각해 주세요.
다시 태어나지 않는 거라고 말했어요.
내게 꿈이 뭐냐고 물어보길래...
모든 건 찰나의 순간일 뿐이겠죠.
그리고 나는 또... 그렇게 특별한 존재가 아닐 거예요.
태어나서 너무...
힘들었네요.
안녕.

거친 각질에, 듬성듬성 피떡이 진 손을 주머니에 욱여넣었다. 뜨거운 진물이 오른쪽 종아리에서 흘러나리는 것이 느껴졌다. 진국은 가방에서 후드 집업을 꺼냈다. 그리고 모자를 깊이 뒤집어썼다. 아이들이 모두 떠난 교실을 한번 둘러보더니 그제야 가방을 둘러멨다. 학생들의 웃음과 수다로 가득했던 복도엔 그의 발걸음 소리만 외롭게 울려 퍼졌다. 복도 끝에 다다르자 불길한 긴장감에 걸음이 느려졌다. 마치 건물 전체가 숨을 죽이고 있는 것처럼 느껴졌다. 가려진 벽 사이로 비집고 나온 그림자가 진국의 걸음을 멈추게 했다. 진국은 천천히 마스크를 꺼내 썼다.

"이제 가냐?"

벽 뒤에서 누군가 고개를 내밀었다. 세희였다.

'힘들다. 힘들어...' 진국은 속으로 중얼댔다.

세희와는 2학년이 되면서 같은 반이 되었다. 둥글둥글하게 잘생겼고 덩치도 컸다. 학생이면서 매일 도서관이 아닌 헬스장에 간다. 그리고 그 힘을 친구를 괴롭히는 데 썼다. 자기보다 약한 애들을 골라 돈을 뜯고, 때렸다. 팔을 비틀고, 뺨을 때리고, 말이 어긋나면 무릎을 꿇렸다. 그 옆에는 용배. 그의 꼬붕이다. 딱 그렇게 생겼다.

"잠깐 좀 따라와 봐." 세희가 말했다. 저항할 수 없었다. 그들은 진국을 별관 옥상으로 끌고 갔다. 별관은 소위 노는 아이들에게 일탈의 장소였다. 별관 뒤편 공간은 그들의 세계를 돋보이게 하는 세트장 같았다. 담배꽁초가 가득했다. 1학년 아이들은 매일 오후 청소 시간이면 그 흔적들을 깨끗이 지워야만 했다. 옥상으로 올라오자 5월의 포근한 햇살이 가득했지만, 진국은 그 따스함이 싫었다. 몸 구석구석 울퉁불퉁 붙어 있는 각질들 사이를 끈적한 진물이 메우고 있었다.

"너 돈 좀 있냐? 나 담배 좀 사게." 세희가 말했다. 옥상을 가르는 세희의 목소리는 또렷했다.
"아니... 나... 없는데." 진국의 말이 작게 흩어지자, 세희는 주머니에서 손을 빼며 다가섰다. 발끝으로 진국의 신발을 툭 건드리며 말했다.
"그럼... 네가 대신 맞아야겠네." 진국은 땅만 보며 입술을 달싹였다. 그는 세흐와 용배에게 둘러싸여 있었고, 뜨거운 태양만이 그의 곤경을 말없이 내려다볼 뿐이었다. 차가운 옥상 난간이 진국의 등에 닿았다.
"너 근데 얼굴 뭐냐. 왜 이렇게 십창 났냐? 아토피, 뭐 그런 거냐? 응?" 세희가 앞으로 한 걸음 다가와 손가락으로 진국의 얼굴을 찔러대더니, 모자와 마스크를 벗기려 했다.
"하지 마." 진국이 세희의 손을 강하게 뿌리치며 말했다. "아이 XX 새끼. 더럽게. 날씨도 더운데 긴 팔 입고 다니니까 냄새나잖아! 새끼야." 용배가 진국의 마스크에 묻은 진물을 보고 말했다.
"퍽"
배에 박힌 주먹이 진국의 내장까지 밀려들었다. 숨이 턱 막히며 그의 몸이 휘청였다.

"윽...." 무릎이 풀리며 바닥으로 쓰러졌다.

"병신 새끼."

세희는 조소를 흘리며 진국의 가방을 낚아챘다. 그리고 가방 안에 있는 소지품들을 난간 아래로 쏟아 버렸다. 진국은 땅바닥에 쓰러져 신음하고 있었다.

"오늘 어디 방역 가냐? 큭. 큭." 용배가 키득거리며 조롱했다.

"지나가."

용배가 다시 말했다. 그는 두 다리를 살짝 벌리고 서 있었다. 퍽. 용배는 진국의 머리를 다시 세차게 때렸다.

"지나가라고, 새끼야." 그가 소리쳤다.

"퍽. 퍽. 퍽. 윽. 퍽. 퍽. 퍽. 퍽. 퍽. 윽. 퍽. 퍽. 퍽. 퍽."

쓰러진 진국을 용배는 발로 짓밟았다. 그때였다.

"야. 그만해."

날카로운 목소리가 바람을 갈랐다. 세희와 용배가 움찔하며 뒤돌아봤다. 빛이 강하게 내리쬐는 옥상 입구에 한 소녀가 서 있었다. 살짝 올라간 입꼬리, 그러나 그녀의 눈빛은 단호했다.

"그만해라."

그녀의 한 마디가 옥상을 가득 메웠다. 소영이다. 소영은 거침없이 그들 앞으로 성큼성큼 다가왔다.

"2~~학년." 소영은 세희의 녹색 명찰을 보고 말했다. 그리고 뒤에 쓰러져 있는 진국을 흘끔 쳐다봤다.
 "에휴... 찌질한 새끼들. 지들보다 센 놈 앞에서는 찍소리도 못하는 새끼들이 꼭 이런다니까." 소영의 달과 몸짓은 흔들림 없이 정확했다. 작은 떨림조차 느껴지지 않았다. 그녀의 말에 세희가 움찔했다. 세희는 소영을 잘 알고 있었다. 소영은 3학년이다. 소위 말하는 퀸카. 많은 3학년 형들이 그녀를 몰래 흠모할 만큼 선화그에서 유명하다. 세희는 이 사실을 잘 알고 있었기에 소영을 함부로 대할 수 없었다.
 "말이 좀..." 세희가 말했다.
 "뭐." 소영이 세희 얼굴에 가까이 다가가 무섭게 쏘아봤다.
 "아~, 됐어요. 쳇! 짜증 난다. 가자." 세희가 뒤로 살짝 물러났다.
 "으이그. 꼬봉 새끼. 뭘 야려." 소영이 계속해서 자기를 째려보는 용배에게 턱을 올리고 말했다. 진국은 힘겹게 몸을 일으켜 벽에 몸을 기대어 앉았다. 아픔은 그림자가 머무는 가장자리로 그를 끌어당겼다.

 "너구나!"
 소영은 진국에게 분홍 수첩을 들어 보였다.
 "이거 네 거 맞지?"
 진국이 소영의 말에 천천히 고개를 들어 시선을 옮겼다. 그리고 이내 다시 고개를 바닥에 떨궜다.

"남자애가... 분홍 수첩이 뭐니?" 소영은 수첩을 진국의 눈앞에 툭 던지더니, 옆에 털썩 앉았다. 진국의 손과 목덜미에 있는 심한 아토피 흔적들을 소영은 바라보았다. 그들은 벽에 기대어 한동안 말없이 함께 앉아 있었다. 하늘이 숨을 죽인 듯 옥상 전체를 창백하게 비추고 있었다. 진국은 이 모든 상황이 너무 힘겹게 느껴졌다. 빨리 이 자리를 벗어나고 싶은 마음이었다. 갑자기 소영이 손을 뻗어 진국의 팔에 얹었다. 진국의 몸이 순간 굳었다. 익숙하지 않은 온기였다.

"너 그거 알아? 숲속 나무들은 땅 아래에서 뿌리로 다 연결되어 있는 거. 혼자 있는 나무는 병들거나 금방 쓰러진대. 몰랐지? 사람도 말이야... 혼자 버티는 게 아니야."

소영이 벽에 머리를 기대며 나지막이 말했다.

"누군가 옆에 있어 주는 거, 그게 가끔은... 누군가를 살린다고 하더라." 진국이 천천히 고개를 들었다.

"내가 해줄게."

"사람..."

"너랑 같이 놀아줄... 사람."

"그거 내가 해준다고."

소영이 머리를 벽에 기댄 채 하늘을 보며 말했다. 진국이 슬며시 고개를 돌렸다. 그리고 옆에 있는 소영을 바라보았다. 햇살이 그녀를 비췄다. 깨끗하고 뽀얀 피부, 조막만 한 코와 입술, 둥글고 자연스러운 턱선. 예쁘다. 진국은 태어나 처음으로 가슴이 두근거리는 걸 느꼈다.

"너 그거 아니? 이 세상의 거물급 리더들 중에는… 쭈구리처럼 생긴 사람이 많다는 거. 픕." 소영이 웃음을 터트렸다.

"문어랑 해파리 섞어 놓은 얼굴, 알아? 뭔가 흐물흐물하면서… 그냥 막… 흐ㄷ." 진국은 소영이 어떤 캐릭터인지 알 것 같았다.

"근데 그 사람들의 내면은…

강하고, 멋있어. 진~~~국이지." 진국이 움찔했다.

"누구도 감히 그 사람들의 생김새를 가지고 평가할 수 없어. 그래서 난…

쭈구리처럼 생긴 사람이 좋아. 하하."

소영은 둘 사이의 공간을 따뜻하게 채우는 듯한 미소를 지었다. 진국은 그런 소영을 계속해서 바라보았다. 갑자기 나타난 소영, 그리고 뜻하지 않게 마음에 스며든 말. 진국의 마음이 요동치기 시작했다. 자신에게 공감하는 소영의 빛이 끌어당기듯 그녀에게 끌리고 있었다. 그녀의 존재는 진국의 고독에 부드럽게 스며들었다.

"나는 이소영이야. 3학년. 거의 1층 미술실에서 살다시피 하지. 가끔 놀러 와."

소영이 자리에서 벌떡 일어나 엉덩이에 묻은 먼지들을 털어냈다. 그리고 진국을 한 번 내려다보곤 몸을 들려 빠르게 옥상을 빠져나갔다. 진국은 소용돌이처럼 몰아친 순간들 속에

어리둥절한 채, 짧은 숨을 내뱉었다. 무언의 말의 무게를 짊어지는 몸짓이었다. 진국은 건강하지 못한 자신을 바라보는 것이 늘 힘들었다. 작은 희망들이 피어오를 때마다 그의 손에 망치가 쥐어지는 것 같았다. 괴물 같은 껍데기 속 명료한 정신에서 느껴지는 고통의 딜레마는 그를 때때로 극도로 무기력하게 만들었다. 하지만 뜻하지 않게 다가온 소영의 손길은 진국의 마음에 커다란 무언가로 남았다.

"두렵다."

진국은 무거운 눈꺼풀을 슬며시 열었다. 잠시 흐릿해진 시야 너머로 파란 하늘이 보였다. 진국은 답답한 마스크를 벗어 하늘 위로 던져 버렸다.

무뎌지지 않는 것. 설레고 순수했던, 그래서 더 아름다운 것. 그리움의 상자 안에 넣어 두고 가끔 꺼내봐야만 하는 그런 것. 진국의 첫사랑은 그렇게 다가왔다. 아주 작은 문틈 사이로 머리를 올려 묶은 소영의 모습이 보였다. 그 일이 있고 나서 진국은 쉬는 시간마다 화장실을 핑계로 그녀의 존재를 확인하는 데 정성을 들였다. 그녀의 말대로, 소영은 대부분 미술실에서 그림을 그리고 있었다. 금요일 오후, 시끄러운 소음으로 가득한 학교의 모습과는 달리 미술실 문 앞에선 적막한 고요함이 느껴졌다. 진국은 둘 사이를 가로막는 미술실 문 앞에 서 있었다. 손에는 매점에서 산 크림빵과 데미소다 캔이 들려 있었다. 진국은 숨을 크게 들이마신 뒤 용기를 내 미술실 문을 빼꼼히 열었다. 그는 눈에 가장 먼저 들어온 책상 위에 빵과 음료를 올려놓았다. 그리고 그녀에게 처음으로 말을 건넸다.

"개 좋아해요."

소영이 그리고 있던 붓을 떨어뜨렸다. 진국은 손을 뒤통수에서 허벅지, 엉덩이를 지나 허겁지겁 주머니 속에 넣었다. 소영은 떨어진 붓을 집어 다시 물통에 넣었다. 그리고 미소를 지으며 말했다.

"개 좋아한다고? 풉. 뭔 고백을 그렇게 하니?"

"...."

진국의 동공이 갑자기 커졌다. 그는 미간 사이를 검지와 중지로 비비며 안절부절못했다.

"아... 아... 아뇨, 저기... 혹시... 강아지 좋아하는지..." 진국이 말을 더듬더듬 이어갔다.

"야!" 소영이 버럭 소리를 질렀다.

"그러면 끝... 끝을 올려서 얘기해야지!"

"죄송해요..." 진국은 머쓱해하며 말했다.

"나 강아지 별로 안 좋아해. 털 날리고, 막 반가운데 오줌 싸고 그러는 거 별로야. 근데... 왜?" 소영이 고개를 갸웃거리며 물었다.

"혹시 개 좋아하면 주말에 유기견 보호센터에 같이 가자고

하려 했어요." 진국이 뒤통수를 긁적이며 말을 이어갔다.

"안 좋아하면 알겠어요. 그리고 지난번에... 고마웠어요." 진국이 말을 끝내고 돌아서 나가려고 하자 소영이 말했다.

"그래, 같이 가보자. 걔는 별로 안 좋아하지만..." 진국이 몸을 돌려 소영을 바라봤다.

"언제, 몇 시에 갈 건데?"

"일요일 9시에... 학교 앞에서 볼래요?"

"오케이~."

소영은 손으로 오케이 사인을 만들어 보였다. 그리고 자리에 앉아 다시 그림을 그리기 시작했다. 진국은 미술실을 나오며 가슴이 벅차올랐다. 미술실 문이 닫히자, 그의 입가가 미세하게 떨렸다. 자신도 모르게 어깨가 들썩이고, 심장은 아직도 소영의 말투를 따라 뛰는 듯했다. 주머니 속에 꼭 쥔 주먹이 자꾸 꿈틀댔다. "해냈다"라는 말이 목 끝까지 차올랐지만, 입 밖으로 낼 자신은 없었다. 대신 손끝에서 조용히 외치고 있었다. 진국은 복도를 걷다 문득, 코끝이 시큰해지는 것도 모른 채 활짝 웃었다. 주말이 오기 전까지 몇 번이고 이 순간을 꺼내볼 것만 같았다.

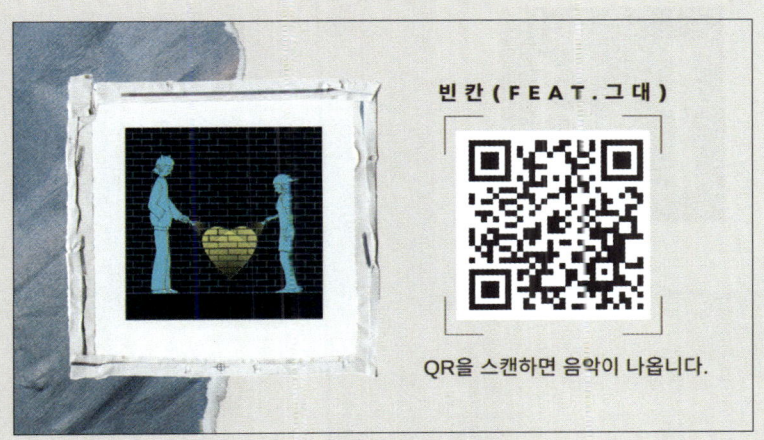

- QR을 스캔하면 음악이 나옵니다 -

02

B.S.T(Book Sound Track). **빈칸**(feat.그대)

그대 있어 내 마음속에는
봐! 그대 있잖아요
그대 있어 내 마음속에는
그댈 좋아해요

그대 있어 내 두 눈 가운데
봐! 그대 있잖아요
그대 있어 내 두 눈 가운데
그댈 좋아해요
난 원해 고백하기를 너에게
널 보면 내 가슴은 뛰는걸

난 모르겠어! 너에게 가는 방법
정말 모르겠어! 너를 읽는 방법
난 너무 서툴러

나 그대만을 좋아한다고
말하고 싶어
나 그대만을 좋아한다고

내 안에 너로 벅차서 나 어떡해
널 좋아해 네 모든 걸

작사 : 오승아, 필통밴드 / 작곡 : 필통밴드

부드러운 따스함이 스며든 아침, 그 이른 시간의 공기는 깨끗하고 투명했다. 진국은 약속 시간보다 훨씬 일찍 도착해 학교 정문 앞에서 소영을 기다리고 있었다. 진국이 거울을 꺼내 얼굴을 살폈다. 다행히 어제부터 아토피가 좀 가라앉았다. 진국은 자신의 눈과 마주치지 않았다. 불그스레한 눈두덩이만 보고 거울을 내렸다. 마음속은 기대와 약간의 불안으로 가득 차 있었다. 9시 5분쯤, 소영이 모퉁이를 돌아 나타났다. 진국의 심장은 더 빠르게 뛰기 시작했다. 소영은 따뜻한 연보라색 스웨터와 짙은 청바지를 입고 진국에게 손을 흔들었다. 머리카락은 바람에 살짝 흩날렸고, 투명한 얼굴에는 얕은 미소가 어렸다. 진국은 순간적으로 숨이 멎는 듯한 느낌을 받았다. 소영의 자연스러운 표정과 상큼한 분위기가 아침 햇살처럼 진국을 감쌌다.

"역시 퀸카는 다르네. 그치?" 진국은 옆에서 꼬리를 심하게 흔들며 소영을 반기는 곤이를 보고 말했다. 소영이 다가오자 진국은 조심스럽게 인사했다.

"안녕."

그의 목소리는 약간 긴장되어 있었지만, 그녀를 만난 기쁨으로 따뜻함이 묻어났다. 소영은 진국의 인사에 대꾸도 없이 곧장 곤이에게 다가가 쓰다듬었다.

"안녕. 이름이 뭐야?" 그녀의 밝은 목소리가 통통 튀었다.

"곤이에요."

"어머, 다리를 좀 다쳤나 봐?" 곤이가 다리를 절룩거리며 그녀의 곁을 맴돌자, 소영이 놀라며 말했다.

"네." 진국은 소영의 질문에 아무 말도 덧붙이지 않았다.

"갈까요? 그럼."

"쟤 뭐니... 곤이 네가 고생이 많다." 소영이 곤이의 머리와 아래턱을 쓰다듬으며 말했다.

진국은 곤이, 그리고 소영과 함께 택시를 타고 일상의 소란에서 멀리 떨어져 있는 유기견 보호센터로 향했다. 진국은 무심한 듯하면서 세심하게 소영을 챙겼다. 곤이가 있어 둘 사이의 어색함이 조금씩 풀렸다. 소영 역시 이들과 함께 있는 시간이 특별하게 느껴졌다. 이 순간들을 소중하게 담고 싶었다. 센터에 다다르자, 소영은 그곳이 왜 도심을 벗어난 외딴곳에 있어야 하는지 이해할 수 있었다. 곳곳의 흔적들이 귀와 코를 통해 진하게 밀려들었다.

"앗, 냄새... 읍, 똥..."

소영은 코를 잡고 미간을 찌푸렸다. 진국은 그런 소영의 모습이 귀엽게만 보였다. 센터에는 이미 다른 봉사자들이 와 있었고, 각자의 일에 집중하고 있었다. 그들 사이에는 말로는 다 설명할 수 없는, 언어를 넘어선 이해와 공감이 있었다. 그들만이 공유할 수 있는 감정이 그 공간을 채우고 있었다. 소영은 그런 그들을 천천히 바라보았다. 진국은 곤이를 센터 입구에 따로 분리해 두었다. 그리고 익숙하게 옷과 장갑, 신발을 챙겨 소영에게 건넸다. 둘은 옷을 갈아입기 시작했다.

"처음 오면 일단 청소부터 시작해요."

진국이 소영에게 말했다. 소영은 진국을 따라 외부 견사로 향했다. 센터를 걷는 동안, 수많은 눈동자가 소영의 발걸음을 따라왔다. 소영은 그녀의 마음을 드러내며 한 케이지에서 다음 케이지로 이동했다. 그녀의 손가락은 차가운 금속에 머물다 어느새 따뜻한 손길과 안타까운 속삭임을 동시에 내뱉었다.

"얘는 몽돌이에요. 앞을 못 봐요."

진국의 목소리는 평온했지만, 소영은 그 속에 숨겨진 무게를 느낄 수 있었다. 소영은 케이지 안을 들여다보았다. 흰 털 사이로 흐릿한 눈동자가 보였다. 완전히 사라진 건 아니었지만, 빛을 보지 못하는 눈이었다.

"어머! 힝! 너무 가슴 아프다."

몽돌이가 낯선 기척을 느끼고 한 발짝 앞으로 다가왔다.

한 걸음.

또 한 걸음.

느리고 조심스럽게.

소영은 무의식적으로 숨을 삼켰다. 무엇이 그를 이토록 조심스럽게 만들었을까. 몽돌이는 볼 수 없는 눈을 하고 계속 앞으로 나아갔다.

"처음에 발견했을 때 두 눈이 파인 채 쓰러져 있었대요. 간신히 구조해 목숨은 살렸죠. 누가 그랬는지는 알 수 없어요. 인간이 저지른 짓이겠죠. 몽돌이는 곧 안락사될 거예요."

얼룩진 털로 덮여 있는 두 눈, 그 사이로 보이는 상처의 흔적들에 소영은 소름이 돋았다. 아무런 대꾸 없이 몸을 낮춰 철장 사이로 손을 넣었다. 미세한 떨림이 손끝으로 전해졌다.

"...곤이도 처음 이곳에서 만났어요." 진국이 말을 이었다.

"오른쪽 다리에 화살이 박힌 채 구조됐고, 치료를 받은 뒤 이곳으로 오게 됐어요. 몸이 약하다 보니 다른 개들에게 물려 여기저기 상처가 심했어요. 그렇게 상처를 입었는데도 내가 손을 내밀었을 때 곤이는 피하지 않았어요. 오히려 자신을 데려가 달라는 듯한 눈망울을 보고 며칠 동안 잠이 오지 않았어요. 내가 곤이를 지옥에서 꺼내줘야겠다고 생각했어요." 진국은 물그릇과 밥그릇을 케이지에서 꺼냈다.

"그냥... 나를 보는 것 같았어요."

소영이 진국을 돌아봤다.

"야! 넌... 너무 다크해...." 소영이 진국을 보고는 말을 흐렸다. 진국은 말없이 대변 패드를 걷어내고 새것을 깔았다. 물그릇에 물을 채우고, 밥그릇에 사료를 가득 채웠다. 진국은 움직이는 내내 따뜻한 말을 건넸다. 외부 견사 청소를 끝내고, 둘은 센터 내부로 들어갔다. 문을 열고 들어서는 순간, 소영은 할 말을 잃었다. 수십 마리의 소형견들이 한 공간에 있었다. 푸들과 몰티즈가 가장 많았고, 포메라니안, 시츄, 요크 종도 있었다. 바닥엔 신문지가 깔려 있었고, 그 위에는 강아지 배설물이 가득했다. 내가 없었던 세계, 내가 존재하지 않았던 세계는 늘 아름답지 않은 게 아닐까. 소영은 생각했다.

"강아지들이 막 흥분해서 날뛰니까 천천히 걸어야 해요."

진국이 말했다. 소영이 배설물을 밟지 않으려고 껑충껑충 뛰며 이동했고, 그럴수록 강아지들도 함께 흥분하기 시작했다. 결국 소영은 움직이지 않고 그냥 한 곳에 가만히 서 있었다.

"괜찮아요?" 진국이 소영에게 물었다.

"……"

진국은 배설물을 밟으며 한참을 걸어 다녔다. 잠시 후 강아지들이 안정을 찾기 시작했다. 진국은 배설물과 뒤섞인 신문지를 모아 버리고, 바닥을 깨끗이 소독했다. 그러는 동안 그는 아무런 표정이 없었다. 웃음도, 말도 없었다. 그저 그곳을 청소했다. 소영도 그의 옆에서 말없이 도왔다. 둘은 한참을 그렇게 청소에 열중했다. 어느새 지쳐 바닥에 주저앉아 벽에 몸을 기댔다. 강아지들이 그들에게 다가와 안기기 시작했다. 두 사람은 아무런 저항 없이 모두 받아주었다.

"얘들은 너랑 달라." 소영이 진국을 바라보며 말했다.

"봐, 살려고 발버둥 치잖아. 버림받았던 기억이 살갗에 붙어 지문처럼 남아 있을 텐데…그래도 이렇게 다시 살아보려고 애쓰고 있잖아." 소영은 자신에게 펄쩍 뛰어오른 푸들을 품에 안으며 조용히 말했다.

"그래도 세상엔... 좋은 사람이 더 많아."

"만약에 그렇지 않다면요...?" 진국이 작게 말했다.

"우리라도 좋은 사람이 되면 되지 뭐.

"네가... 곤이에게 그런 사람이 되어준 것처럼 말이야."

소영이 두 손으로 시츄 강아지 한 마리를 번쩍 들어 올렸다.

"넌 혼자 있을 때 더 빛이 나는 것 같아."

진국이 아무 말 없이 소영을 바라보았다. 그의 마음이 조금씩 열리고 있었다.

"근데 난.. 강아지는 좀... 똥은 싫어. 오늘 밤 꿈에 나올 것 같아. 똥 밭에 있는 나."

진국은 알 수 없는 감정에 휩싸였다. 자신도 누군가에게 빛이 될 수 있을지도 모른다는 기분. 그의 세상은 늘 탁했다. 흐리고, 텁텁하고, 가끔은 숨이 막힐 만큼 어두웠다.

그런데,

그 어둠 속으로 소영이 걸어 들어왔다.

그녀의 존재는 환하게 빛났다.

어둡고 건강하지 못한 그의 세계에,

소영은 한 줌의 빛을 떨어뜨렸다.

진국은 기억하고 싶었다.

이 순간을, 이 따뜻함을... 그리고... 이 사람을.

어느새 그들은 강아지와 함께 시간을 보내며, 웃음과 부드러운 말로 그 공간을 따뜻하게 채우고 있었다. 한 사람이 다가왔다. 그 사람의 세계도 함께 다가왔다. 어둡고, 건강하지 못한 세계 속에서 환하게 웃는 소영의 모습을 진국은 영원히 간직하고 싶었다. 그는 마음속으로 되뇌었다.

"너를 기억해."

Gravity.. is working against me ~ ♪ ♬

끈적하고, 재즈한 일렉트릭 기타 사운드가 이어폰을 통해 흘러나오고 있다. 햇살은 가득했다. 향긋한 꽃냄새가 바람을 타고 물결을 이루는 듯 진국의 코를 자극했다. 소영이 옆에서 눈을 감고, 고요하게 하늘을 바라봤다. 진국은 한쪽 이어폰을 빼 소영의 귀에 가져다 댔다. 눈을 뜬 소영이 진국을 바라보며 입가의 미소를 지어 보였다. 풋풋했던 그 시절 진국은 18살, 소영은 19살이었다. 소영이 조용히 자리에서 일어나 두 팔을 하늘 위로 뻗치며 뒤돌아봤다. 그리고 진국을 보고 말했다.

"야 쭈구리~
가자."

그대라서 참 좋은걸요

QR을 스캔하면 음악이 나옵니다.

- QR을 스캔하면 음악이 나옵니다 -

03

B.S.T(Book Sound Track). 그대라서 참 좋은걸요

내 맘 속에 너는 좋은 사람, 늘 항상
내 맘 속에 너를 사랑해요, 이렇게
사랑, 행복, 꿈과 희망 또 사랑, 행복
그 속에 너와 나의
사랑, 행복, 꿈과 희망 또 사랑, 행복
그리고 너와 나의

너와 함께하고 싶어 네 손 잡고 걷고 싶어
우리 같은 곳을 바라보며
너와 나, 이렇게

그대라서 참 좋은걸요
너와 내가 시작한 우리 사랑
하나님이 허락한 우리
난 너무 소중해요

둘이 아닌 하나로 늘 곁에 있어줘
서로에게 어깨를 그 속에 너와 나의
사랑, 행복, 꿈과 희망 조 사랑, 행복
그리고 너와 나의

너와 함께하고 싶어 네 손 잡고 걷고 싶어
우리 같은 곳을 바라보며 너와 나, 이렇게
너와 함께하고 싶어 네 손 잡고 걷고 싶어
그대라서 참 좋은걸요. 난 너무 소중해요.
너와 함께하고 싶어. 네 손 잡고 걷고 싶어
난, 그대라서 참 좋은걸요
난 그댈 사랑해요

작사/곡 : 필통밴드

#3
선물

선물

　어둠이 짙게 내려앉은 바다 위에 작은 배 하나가 떠 있었다. 그곳에 진국이 서 있었다. 주위는 끝도 없이 펼쳐진 수평선뿐이었다. 하늘과 바다의 경계가 희미하게 스며들어 마치 우주의 한가운데 떠 있는 것 같았다. 짙은 어둠이 사방을 감싸고 있었다. 하지만 진국은 전혀 두렵지 않았다. 오히려 평온했고 모든 것이 조용했다. 그 침묵 속에서도 바다는 숨을 쉬듯 너울거렸다. 살아 있었다. 짙푸른 파도가 부드럽게 배를 흔들었다. 진국이 수면 아래 깊은 곳에서 무언가가 움직이는 기척을 느꼈다. 고개를 내밀어 바다를 내려다보았다. 아득한 바닷속에서 푸른 빛을 띤 무언가가 조금씩 떠오르고 있었다. 처음에는 단순한 물살 모양인 줄 알았다. 그러나 그것은 점점 더 선명해졌다. 서서히 도습을 드러낸 그것은 사람의 형상을 한 물고기 같은 존재였다. 등에는 유려한 지느러미가 붙어 있었고, 손가락 사이에는 투명한 물막이 펼쳐져 있었다. 물결을 따라 움직이는 그의 몸은 바다와 하나가 된 것처럼 자연스러웠다. 빛을 머금은 듯 반짝이는 푸른 비늘이 온몸을 감싸고 있었다. 그리고 무엇보다 신비로운 것은 바로… 그의 눈이었다.

　작은 행성을 품은 듯한 눈동자,

　깊고 신비한 푸른 눈.

　그 존재는 천천히 진국에게 다가왔다. 별처럼 반짝이는 눈이 깊은 바닷속에서부터 진국을 올려다보고 있었다. 진국은 오래전부터 알고 있던 존재를 다시 만난 듯한 기분이 들었다. 그 존재는 잠시 멈춰 서서 진국을 지긋이 바라보았다.

　그러더니, 그가 입을 열었다.

　"소리아 루아… 소로하… 테오라아아ㅡㅡ."

　그 목소리는 깊은 둘 속에서 울려 나오는 것처럼 낮고 부드러웠다. 낯설고 신비로운 언어였다. 그 말은 단순한 소리가 아니었다. 그 말들이 바다를 타고 울려 퍼질 때마다 수면이 잔잔히 떨렸다. 진국은 그 말을 들을 수 있었지만, 이해할 수는 없었다. 낯선 단어들이 파도처럼 출렁이며 그의 머릿속을 스쳐 지나갔다. 마치 아즈 오래전부터 이야기해 온 무언가인 것 같았다. 하지만 어떤 의미인지는 알 수 없었다. 진국이 대답하려고 입을 열었을 때, 그가 진국을 향해 손을 뻗었다. 그의 손안에 작은 빛 구슬이 피어났다. 그 빛 구슬은 커다란 물방울처럼 떠올랐다. 그리고 살아 있는 것처럼 진국을 향해 다가왔다. 진국은 빛 구슬을 두 손으로 감싸 쥐었다.

그 순간,

바다가 꿈틀거렸다. 거대한 물살이 솟구치고, 바닷속에서 무언가가 깨어났다. 진국의 심장이 요동쳤다. 모든 것이 소용돌이처럼 휘말려 들어갔다. 폭발하듯 솟아오른 거대한 물살이 배를 통째로 삼켜버렸다. 진국의 몸은 하늘로 솟구쳐 올라갔다가 다시 바닷속으로 곤두박질쳤다. 순간, 숨이 끊어지는 고통이 밀려왔다.

"윽!"

침대 위.

진국이 눈을 번쩍 떴다. 방 안은 조용했다. 그러나 낮고 부드러운 목소리가 여전히 파도처럼 귓가를 맴돌고 있었다. 진국은 천천히 손을 들어 손바닥을 바라보았다. 꿈속에서 쥐었던 빛이 아직도 손끝에 남아 있는 것만 같았다. 진국은 손끝을 천천히 비볐다. 그러나 빛은 남아 있지 않았다.

"어휴…"

머릿속에서 낯선 언어의 메아리가 계속해서 울렸다. 창밖으로 희미한 새벽빛이 스며들고 있었다. 진국은 옆으로 고개를 돌렸다. 소영이 조용한 숨소리를 내며 잠들어 있었다. 그녀의 얼굴은 평온해 보였다. 그녀의 손은 진국의 팔을 살짝 감싸고 있었다. 따뜻한 온기가 뼛속 깊이 느껴졌다. 진국은 천천히 손을 들어 그녀의 뺨을 쓰다듬었다.

"...음."

소영이 천천히 눈을 떴다.

"일어났어?"

그녀는 아직 잠이 덜 깬 듯, 나른한 목소리로 중얼거렸다. 진국은 조심스럽게 몸을 일으켜 소영에게 입을 맞추려 다가갔다.

"냄새나. 똥 냄새. 큭. 큭." 소영이 장난을 치며 이불 속으로 몸을 돌돌 말았다.

"꿈을 꿨어."

진국이 침대 끝에 등을 기대 앉으며 말했다.

"...꿈?"

소영이 덜 떠진 눈을 비비며 물었다.

"응. 이상한 꿈이었어."

진국은 잠시 말을 멈추고, 천천히 숨을 내쉬었다. 그리고 푸른 눈, 낯선 언어, 신비한 존재, 그리고 바다에 삼켜지는 순간까지... 꿈에서 본 모든 것을 이야기했다.

"그 푸른 눈... 꿈속에서 날 바라보던 그 눈이... 이상하게 익숙했어." 진국은 손끝을 문지르며 낮게 중얼거렸다.

"무슨 말을 했는데 알아들을 수가 없었어. 그런데도... 어딘지 낯설지가 않았어." 소영은 조용히 듣고 있었다. 그러다 진국의 이야기가 끝나자 천천히 입을 열었다.

"...푸른 눈을 가진, 바닷속 존재... 빛 구슬?"

"응."

소영이 베개를 끌어안으며 천천히 몸을 돌려 진국을 올려다보았다. 그러고는 살짝 미소를 지었다.

"혹시... 우리 아기 태몽 아냐?."

진국이 순간 멈칫했다.

"...태몽?"

"응. 임신하면 주변에서 신기한 꿈 꾸잖아? 아! 그리고 오늘이... 우리 같이 처음 산부인과 가는 날이야." 그제야 진국은 '아, 맞다' 하고 깨달았다. 오늘이 우리 아기의 존재를 처음 확인하는 날이었다. 소영은 배 위에 손을 올리며 말했다.

"푸른 눈을 가졌다는 건... 우리 아기가 뭔가... 대~~~단한 녀석인 게 확실해. 하! 하!" 진국은 웃고 있는 그녀의 손을 바라보았다. 그리고 천천히, 조용히 소영의 배 위에 손을 올렸다.

"...우리 아이."

그 순간, 진국에게 작은 물결이 퍼지는 듯한 느낌이 들었다. 마치 꿈속에서 바다 위로 떠오르던 빛처럼... 진국은 속삭였다.

"오늘... 우리 아기 만나러 가는 날이네."

소영이 작게 웃으며 말했다.

"응. 그러니까 얼른 일어나. 아빠 될 사람이 침대에만 누워 있으면 안 되지."

진국은 그녀를 바라보았다.

"...아빠."

그 단어가 어딘가 먼 곳에서 흘러온 낯선 언어처럼 입안에서 맴돌았다. 하지만 이상하게도, 따뜻한 숨결처럼 가슴속으로 스며들었다. 진극은 다시 한 번 조금 더 확신에 찬 목소리로 중얼거렸다.

"그래, 아빠."

"우리 몇 분 늦었어?"

소영이 조마조마한 얼굴로 휴대폰을 확인했다.

"아직 예약 시간까지 10분 남았어."

진국은 운전대를 잡은 손에 살짝 힘을 주었다. 손바닥엔 어느샌가 땀이 배어 있었다. 차창 너머로 병원 건물이 보였다. 문득 실감이 났다. 소영이 조용히 말했다.

"살짝 떨린다, 그치?"

진국은 고개를 끄덕였다.

"응... 사실은 나도 좀 그래."

"괜히 눈물 날 거 같아."

소영이 작게 웃으며 배 위에 손을 올렸다. 진국은 그런 그녀를 바라보다가 자연스럽게 그녀의 손 위에 자신의 손을 올렸다. 그 따뜻한 감촉에 그의 심장이 조용히 떨려왔다.

병원 복도는 조용했다. 대기실에 앉아 있는 사람들은 저마다의 감정 속에서 시간을 보내고 있었다. 어떤 이들은 긴장한 표정이었고, 어떤 이들은 산모의 배를 쓰다듬으며 속삭였다. 진국과 소영은 나란히 손을 맞잡고 아무 말 없이 그저 기다리고 있었다. 그 순간이 다가오는 것을...

"자, 누우시고 편하게 계세요."

의사의 부드러운 목소리가 공간을 채웠다. 소영은 천천히 침대에 누웠다. 진국은 옆에 서서 그녀를 바라보았다. 의사가 초음파 기계를 조정하며 말했다.

"이제 화면을 보세요. 심장 소리도 같이 들려드릴게요."

의사의 손이 천천히 움직이기 시작했다. 므니터 화면에 흐릿한 그림자가 나타났다.

그리고.

쿵.쿵.쿵.쿵.쿵.쿵.쿵

작지만 븐명한 소리.

규칙적으로 뛰는 심장 소리.

그 순간, 시간이 멈춘 것 같았다.

진국은 슴을 삼켰다. 화면 속 작은 존재를 바라보았다.

가슴 한쪽이 꽉 조여오는 듯했다.

손끝이 떨리는 걸 알았지만, 멈출 수 없었다.

소영도 눈을 동그랗게 뜬 채, 화면을 바라보았다.

의사가 말했다.

"아기 심장이 아주 건강하게 뛰고 있네요.'

진국은 화면 속에서 작고 둥근 형체를 바라보았다.

그 안에서 그토록 작은 존재가...

그렇게 힘차게 살아가고 있었다.

쿵.쿵.쿵.쿵.쿵.

내 아이의 심장 소리.

진국은 순간적으로 가슴 깊은 곳에서 무언가 터져 나오는 것을 느꼈다.

그건...

꿈속에서 들었던 낯선 언어의 진동 같았다.

그 신비로운 존재가 했던 말을 기억하려 했지만, 기억나지 않았다. 그저 그 느낌만을 기억했다.

그것은 어쩌면, 아이가 내게 보낸 첫인사였는지도 모른다. 소영이 천천히 눈을 돌려 진국을 바라보았다.

그녀의 눈가가 촉촉하게 젖어 있었다.

"...듣고 있지?"

진국은 고개를 끄덕였다.

"응."

진국은 더 이상 말을 할 수 없었다.

그저,

그 소리를 들었다.

쿵.쿵.쿵.쿵.쿵.

가장 작은 심장 박동 소리.

하지만 가장 강한 울림을 주는 소리.

진국은 소영의 손을 잡았다.

그리고 그녀의 배를 바라보았다.

"우리 이제 정말... 셋이구나."

진국은 조용히 속삭였다.

"안녕! 만나서 반가워."

비가 부슬부슬 내리고 있었다. 거실 창문을 타고 흐르는 빗방울이 가로등 불빛을 받아 반짝거렸다. 진국은 소파에 앉아 책을 펼쳤지만, 좀처럼 글이 눈에 들어오지 않았다. 소영은 배 위에 손을 얹고 신나는 힙합 음악을 들으며 쉬고 있었다. 음악에 맞춰 온몸을 들썩거렸다. 소파 옆 작은 스탠드 불빛이 그녀의 옆모습을 부드럽게 비추고 있었다. 진국이 슬며시 말했다.

"신나?"

소영이 심하게 고개를 끄덕였다.

"응, 나만의 스타일이야. 이렇게 신나는 기분으로 우리 아기랑 대화하고 있었어."

진국이 기소를 지으며 물었다.

"큭. 큭. 뭐라고 했는데?"

소영은 갑자기 톤을 확 바꾸더니, 배에 대고 웅얼댔다.

"Yo yo check it!

이 엄마는 오늘도 Drop the Beat!

내 심장은 드럼, 넌 내 랩 위의 킥!

you're my sunshine, I'm your mommy!

세상 밖으로 나올 준비됐니? Yo baby!"

"하! 하! 하! 하!"

진국은 어설픈 박자에 랩을 하는 소영의 익살스러운 모습에 한참을 웃었다. 그리고 소영의 배를 바라보았다.

그때였다.

소영이 갑자기 움찔하며 숨을 들이마셨다.

"어?"

진국이 놀라서 몸을 숙였다.

"왜, 소영아? 어디 아파?"

소영은 눈을 크게 뜨고 배를 바라보았다. 그러고는, 천천히 미소 지었다.

"…움직였어."

"뭐가?"

"별이."

진국의 눈이 커졌다.

소영이 조심스럽게 진국의 손을 잡아 배 위에 올렸다.

"여기, 기다려 봐."

진국은 긴장한 듯 손을 얹었다. 그리고 잠시 후,

톡.

아주 작은 진동이 손바닥을 스쳤다.

진국은 숨을 멈췄다.

"…방금."

그는 말을 잇지 못했다.

그 작은 움직임이,

그 작은 존재가,

그의 손끝에서 인사를 건넸다.

아주 작은 몸짓으로 전하는 우리 아기의 첫인사였다. 처음이었다. 처음으로 느끼는 벅찬 감동이 밀려왔다.

톡.

또 한 번, 아기가 움직였다.

"느껴졌어?"

소영이 조용히 웃으며 물었다.

진국은 천천히 고개를 끄덕였다.

"...응."

그는 손을 뗄 수 없었다. 심장이 조용히 요동쳤다. 지금까지는 아기의 존재를 알고 있었지만, 이제는 몸으로, 그리고 마음으로 실감했다. 그 작은 생명이 처음으로 우리에게 건네는 낯선 인사였다.

진국은 천천히 속삭였다.

"안녕."

소영이 그를 바라보며 미소 지었다. 창밖에서는 여전히 비가 내리고 있었다. 진국도 그런 소영을 사랑스럽게 바라보았다. 소영이 자신의 삶에 스며들어 어느새 빛이 되고, 온기가 되어 주었던 순간들이 떠올랐다. 웃는 얼굴 하나로 하루가 따뜻해졌고, 조용한 손길 하나에 마음속의 거친 바람이 잦아들던 날들.

지금 이 순간,

뱃속의 별이에게 속삭이며 웃고 있는 그녀를 바라보며, 진국의 가슴속에는 말로 다 담을 수 없는 깊은 사랑의 감정이 거대한 파도처럼 밀려오고 있었다. 그리고 그 마음이 어느 한 순간, 더는 감출 수 없이 조용한 한마디가 되어 그녀를 향해 흘렀다

"소영이… 너라서 참 좋다."

− QR을 스캔하면 음악이 나옵니다 −

04

B.S.T(Book Sound Track). **그대라서 참 좋은걸요**(Remake Ver.)

넌 봄비처럼 내게 다가와
메마른 나의 단비가 되어줬고,
또 달빛처럼 밝게 비춰주며
너는 내게 사랑 노랠 들려주네

너와 함께하고 싶어
네 손 잡고 걷고 싶어
이렇게 네 손 꼭 잡고 걸어가요
너와 나... 이렇게

그대라서 참 좋은걸요

너와 내가 시작한 우리 사랑
그대여서 참 그마워요
난, 너무 소중해요

넌 햇살처럼 내게 웃으며
어두운 나의 등불이 되어줬고,
또 별빛처럼 서로를 비춰주며
나는 네게 사랑 노랠, 들켜줄게

너와 함께하고 싶어
네 손 잡고 걷그 싶어요.
이렇게 내 손 꼭 잡고 걸어가요
너와 나... 이렇게

작사/곡 : 필통밴드

밤 10시 17분.

집 안은 조용했다. 창밖으로 희미한 가로등 불빛이 스며들고, 벽시계의 초침 소리가 규칙적으로 방 안을 가로질렀다. 소영은 일찍 잠자리에 들었다. 진국은 혼자 거실에 앉아 손에 쥔 작은 아기 옷을 내려다보고 있었다.

그때,

"자기야...!"

방문 너머에서 떨리는 목소리가 들렸다. 진국은 순간적으로 몸을 일으켰다.

"소영아?"

급히 방문을 열고 들어가자, 소영이 침대 위에서 배를 감싸 안고 있었다. 이마에는 땀이 맺혀 있었고, 얼굴엔 고통스러운 표정이 가득했다.

"...나, 이상해."

진국의 심장이 철렁 내려앉았다.

"왜? 왜? 왜? 어디 아파?"

소영이 떨리는 목소리로 말했다.

"배가... 아파."

순간, 진국은 온몸이 얼어붙는 기분이 들었다.

"아니, 예정일까지 아직 일주일 남았는데...?"

허겁지겁 휴대폰을 집어 들고 시간을 확인했다. 그는 당황한 눈빛으로 소영을 바라보았다.

"병원! 지금 바로 가야 해?"

소영이 깊은 숨을 들이마셨다.

"...응, 근데... 아직 확실하지 않아서..."

진국은 손으로 그녀의 머리를 쓸어 넘겼다.

"이게 진통인지 아님... 그냥 배가 아픈 건지..."

소영은 숨을 가다듬고 침착하려 애쓰며 말했다.

"잠깐만, 진통 간격이 얼마나 돼? 언제부터 아팠어?"

소영이 힘겹게 고개를 끄덕였다.

"한... 한 시간? 근데 점점 더... 짧아지는 것 같아."

진국은 순간적으로 머릿속이 하얘졌다.

그리고

그때,

소영이 얼굴을 찡그리며 배를 움켜쥐었다.

"하아아...!"

진국의 심장이 덜컥 내려앉았다.

소영이 눈을 동그랗게 뜨며 말을 이었다.

"...나, 양수가 터진 것 같아."

진국은 숨이 멎는 듯했다. 머릿속이 새하얘졌다가, 곧바로 본능적으로 움직였다.

"괜찮아, 천천히 숨 쉬어 봐."

그는 최대한 침착하게 말했다.

소영은 당황한 듯 몸을 일으키려다, 양수가 흐르는 느낌에 다시 주저앉았다.

"저기, 서랍에서 생리대 좀 가져다 줘. 그리고 119에 전화해."

진국은 곧바로 옷장으로 달려가 생리대를 꺼내 소영에게 건넸다. 그녀는 조심스럽게 몸을 정리했다. 진국은 그녀를 침대에 눕히고, 이불을 살짝 덮어주었다.

"조금만 기다려. 119에 전화할게."

그는 다급하게 휴대폰을 들어 119에 전화를 걸었다.

"여보세요, 아내가 출산이 임박한 것 같아요. 지금 양수가 터졌고, 진통 간격이 점점 짧아지고 있어요."

"주소 말씀해 주세요. 구급차 바로 출동하겠습니다."

"용두동 미르아파트 101동 1103호입니다. 최대한 빨리 와주세요."

전화를 끊자마자, 진국은 다시 소영 곁으로 다가갔다.

"소영아, 구급차 오고 있어. 괜찮아, 금방 올 거야"

소영이 깊게 숨을 내쉬었다. 진국은 그녀의 손을 꼭 잡았다. 눈빛에는 긴장과 믿음이 함께 담겨 있었다. 소영의 이마에 맺힌 땀방울이 희미한 조명을 받아 반짝였다. 숨소리는 짧고 불규칙했다. 진국은 그녀의 배를 바라보았다. 그곳에는 세상에서 가장 작고, 가장 소중한 존재가 있었다. 그리고 그 작은 존재가 지금, 이 순간 세상으로 나올 준비를 하고 있었다. 진국은 다시 그녀의 손을 꼭 잡고 조용히 속삭였다.

"괜찮아. 나 여기 있어."

소영이 힘겹게 눈을 맞추며 살짝 고개를 끄덕였다. 그녀의 눈빛에는 두려움과 기대가 뒤섞여 있었다. 진국은 그 눈빛이 기억났다.

자신이 처음 소영을 만났을 때...

밤의 적막을 깨며 구급차가 도착했다. 번쩍이는 붉은 불빛이 아파트 벽을 타고 흘렀다. 소영은 얼굴을 잔뜩 찌푸린 채 배를 감싸고 있었다. 구급대원이 침착하게 물었다.

"산모님, 괜찮으세요? 진통 간격이 어느 정도 되시죠?"

"이제... 15분도 안 되는 것 같아요."

소영이 숨을 가쁘게 내쉬며 힘겹게 대답했다. 진국은 그녀의 손을 잡고 같이 구급차에 올라탔다. 차 안은 의료장비 불빛이 가득했다. 사이렌을 울리며 도로를 질주했다. 진국은 소영의 손을 꼭 잡고 있었다. 소영은 고른 숨을 짧게 내쉬며 견디고 있었다.

"괜찮아. 곧 병원 도착해."

진국이 조용히 속삭였다.

그러나 그 순간

"으... 하아아...!"

소영이 갑자기 몸을 움켜쥐었다.

"산모님, 진통이 심하게 오나요?"

구급대원이 다급하게 물었다. 소영은 고개를 끄덕였다. 순간, 진국은 숨을 삼켰다. 아직 병원에 도착하지 못했는데... 곧 그는 침착하려 애쓰며 말했다. 그리고 그녀의 손을 다시 꼭 잡았다.
"곧이야, 소영아. 조금만 더 버텨보자."
진국은 창밖으로 보이는 불빛을 바라보며, 곧 아이를 만나게 된다는 사실을 깨달았다.
"이제, 진짜야."

"이제 곧 나올 겁니다. 산모님, 깊게 호흡하세요."
분만실은 차가운 형광등 불빛 아래, 긴장감으로 가득 차 있었다. 의료진은 분주히 움직이고, 기계음이 일정한 박자로 분만실에 울렸다. 소영의 거친 숨소리가 그 위를 덮었다.
"하아... 하아..."
소영은 눈을 질끈 감으며 진국의 손을 꽉 잡았다. 늘 당당하고, 거침없는 소영의 모습은 사라지고 없었다. 두렵고 떨리는 소영의 모습에 진국은 더 강하게 그녀의 손을 잡았다. 이 순간, 진국이 그녀의 유일한 길잡이였다. 그녀의 이마를 쓰다듬으며 속삭였다.
"괜찮아. 나 여기 있어."
진국은 자신 있게 말했지만, 사실 그는 두려웠다. 하지만 그녀를 위해 끝까지 버티겠다고 결심했다. 소영과 함께 가는 길이라면 어떤 두려움도 견뎌낼 수 있었다. 소영의 손은 차갑고, 축축했다. 이마에는 땀이 송골송골 맺혀 있었다. 소영이 힘겹게 고개를 끄덕였다.

"자, 산모님! 호흡 맞추시고, 힘 주세요!"

의사의 목소리가 날카롭게 울렸다. 소영이 이를 악물었다.

"으아아아...!"

그녀의 손에 힘이 들어갔다. 진국은 소영의 손을 감싸 쥐고, 그녀의 호흡에 맞춰 함께 숨을 내쉬었다.

"잘하고 있어. 좋아, 잘하고 있어."

"하아... 하아..."

소영의 숨이 흐트러질 때마다, 진국은 더욱 단단하게 그녀의 손을 잡았다. 그녀의 고통이 손끝으로 전해졌다. 그가 대신할 수는 없는 고통이었다. 그저, 함께 있어주는 것만이 전부였다.

"조금만 더 힘을 주세요, 이제 거의 다 왔어요!"

의사의 말에,

소영이 마지막 남은 힘을 짜내듯 온몸을 떨었다.

"으아아가아아아아!"

그 순간

"응애~ 응애~ 응애~!"

공간이 찢어지는 듯한 울음소리가 분만실을 가득 채웠다.

그 순간, 모든 것이 멈춘 것 같았다. 진국은 숨을 삼켰다. 세상에서 가장 작고, 가장 강한 울음. 그토록 기다려 온 소리였다. 소영은 축 늘어진 채, 흐릿한 눈으로 천천히 고개를 돌렸다. 그녀의 입술이 떨렸다.

"우리 아기..."

의사가 갓 태어난 아이를 조심스럽게 들어 올렸다.

아직 붉고, 너무나도 작은 몸. 손을 움켜쥐고, 울음에 온 힘을 다하는 너무나 작은 존재였다. 진국은 멍하니 바라보았다. 그가 지금까지 봐왔던 그 어떤 것보다도 눈부셨다.

"산모님, 아빠 되신 분, 예쁜 아기 좀 보실래요?"

의사가 다정하게 물었다. 진국은 천천히 고개를 끄덕였다. 그는 조심스럽게 다가갔다.

그리고,

아기의 얼굴을 처음으로 마주했다. 너무 작은 얼굴에 눈, 코, 입이 올망졸망 다 들어 있었다. 진국은 그 자리에 얼어붙었다. 그는 떨리는 손을 뻗었다.

작은 손가락.

그의 손끝이 살짝 닿자,

아기의 조그마한 손이 움찔거렸다.

그리고,

그 작은 손이,

진국의 손가락을 꼭 쥐었다.

진국의 심장이 크게 요동쳤다.

"아…"

진국은 아무 말도 할 수 없었다.

가슴 깊은 곳에서,

그 어떤 말로도 설명할 수 없는 감동이 밀려왔다.

진국은 천천히 고개를 돌려 소영의 손을 꼭 잡았다. 소영의 눈엔 눈물이 맺혀 있었다. 그리고 그녀는 환하게 웃고 있었다.

"우리… 해냈어."

진국은 미소 지었다.

그리고 고개를 끄덕이며, 조용히 속삭였다.

"응, 너두 잘했어."

분만실엔 여전히 기계음이 울리고 있었다.

하지만 진국의 세계엔,

오직 소영의 숨소리와,

아이의 울음소리만이 남아 있었다.

"이제 진짜, 우리 셋이다. 그치?"

진국은 속으로 말을 이었다.

"이제 나도, 누군가의 세상이 되는 거구나.
 안녕… 내 사랑아."

− QR을 스캔하면 음악이 나옵니다 −

05

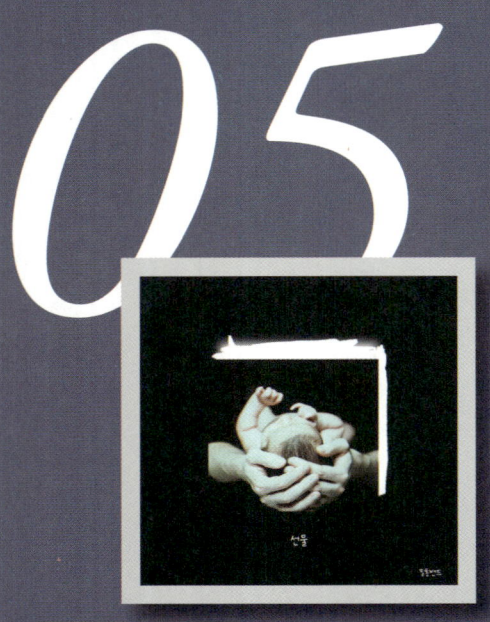

B.S.T(Book Sound Track). 선물

쿵! 쿵! 들려오는 너의 심장 소리에
온 세상이 멈춰요 이 작은 존재여
내 손을 꼬옥 쥐고, 온 힘을 다해서
살아 있음을 알게 하네.

안녕! 안녕! 내 사랑아, 기적처럼 내게 온 사랑아
너의 모든 계절과 너의 모든 날들이 따스히 피어나길
안녕! 안녕! 내 사랑아, 꿈결처럼 찾아온 사랑아
마치 꿈속에서 찾아온 사랑아
우리 이렇게 인사해요
안녕~

톡! 톡! 전해오는 너의 작은 몸짓에
이 세상 깊이 새겨진 이 작은 존재여
내 손을 꼬옥 쥐고, 온 힘을 다해서
살아 있음을 알게 하네.

안녕! 안녕! 내 사랑아, 기적처럼 내게 온 사랑아
너의 모든 눈물과 너의 모든 떨림도 사랑이 되어 가길
안녕! 안녕! 내 사랑아, 별들 사이에 피어난 사랑아
세상 그 어디에도 빛이 되기를
우리 이렇게 인사해요.

쿵! 쿵! 들려오는 너의 심장 소리에
온 세상이 멈춰요 이 작은 존재여

안녕~

작사/곡 : 필통밴드

#4
We're all crying

We're all crying

탁. 탁. 탁. 탁

화요일 아침, 소리는 조용한 사무실 공간을 채우며 그의 존재를 알렸다. 소영은 익숙한 듯 자리에서 일어나 사무실 문 쪽으로 발걸음을 옮겼다. 소리는 점점 가까워졌다. 소영이 문에 귀를 기울이자 이내 소리는 사무실 문 앞에서 멈췄다. 소영은 재빨리 문을 활짝 열었다.

"안녕하세요, 할아버지!"
소영은 평소보다 훨씬 큰 소리로 말했다. 한 손에 검은 지팡이를 짚고, 짙은 안경을 쓴 할아버지가 문밖에 떡하니 서 있었다. 그는 누가 봐도 시각장애인이었다. 소영이 센터에서 일한 지 2년이 넘는 동안 할아버지는 자주 센터를 찾았다. 그는 익숙한 듯 문턱에 즐리지 않게 지팡이로 길을 물었다. 오늘 그의 모습은 이전과 좀 달라 보였다. 두꺼운 겉옷을 벗어 손에 드는 것을 본 소영은 재빨리 옷을 받아 들었다. 세월이 묻어나는 할아버지의 재킷은 예전의 품위를 고스란히 간직하고 있었다. 여러 번 엘보 패치로 덧대어 수선한 흔적과 닳아 흐릿해진 색감이 깊게 배어 있었다. 하지만 그의 멋스러움은 오히려 더 투명하게 느껴졌다. 넥타이는 깔끔하게 매어 있었고, 구두는 오래되었지만 반짝였다.

"아이구, 애기는 건강하게 잘 태어난겨? 더 쉬다가 나오지, 뭐 하러 벌써 나왔어." 할아버지의 말투에는 따뜻함이 배어 있었다.

"오늘은 엄마한테 잠깐 부탁하고 나왔어요. 이따 오후에 새로 등록한 가정 방문이 있어서요." 소영은 딸처럼 애교 있게 말을 건넸다.

"할아버지는 오늘 어쩐 일이세요? 화요일인데."

"꿈이 뒤숭숭해서 나왔다가 잠깐 들렀어. 좀 앉자." 소영은 할아버지의 팔을 조심스럽게 붙잡고 푹신한 소파로 안내했다. 창문 사이로 햇살이 따스하게 비쳤다. 은백색의 물결을 이룬 그의 머리카락은 주름진 이마를 감싸고 있었다. 가까이

서 본 그의 손과 낡은 지팡이에는 많은 이야기가 담겨 있는 것처럼 보였다. 소영은 따뜻한 차를 준비해 그의 손에 건넸다.

"어젯밤 꿈은 참 묘했어.
나는 가끔씩, 내가 빨리 움직여.
꿈도 아닌데…
눈도 빨리 돌아가고, 고개도 휙, 휙 돌아가.
마치 빨리 감기를 한 것처럼…
세상 모든 게… 그렇게 말이야."

할아버지의 말은 때론 느렸다가 갑자기 빨라지기도 했다. 그만의 말하는 방식이 있었다.

"그렇게 갑자기 세상이 빨라지면 내게 무슨 일이 생겼던 것 같아."

"무슨 일이요, 어르신?" 소영은 할아버지를 뚫어져라 보며 말했다. 단정한 그에게선 품위가 느껴졌다.

"열세 살 때쯤…
안방에서 들려오던 사람들의 주기도문 소리가 갑자기 빨라지기 시작하더니 처음으로 세상이 빨리 돌아가는 걸 느꼈어. 그리고 며칠 후, 나는 사고로 시력을 잃었지." 할아버지는 천천히 찻잔을 입에 가져와 호호 불었다. 그리고 한 모금 마셨다.

"그 일이 있고 나서 앞을 보지 못하더라도, 나는 전보다 더

예민하게 느낄 수 있었어. 한 번은 딸의 졸업식 날 단상에서 우리 딸 이름이 불리는데 갑자기 또 세상이 빨라지는 게 느껴졌어." 그 순간, 할아버지의 콧등이 일그러졌다.

"아무 일 없이 지나가나 싶었는데 어느 순간 내 손에 죽은 용이가 안겨 있었어.' 그는 잠시 말을 멈추고 다시 차를 한 모금 삼켰다.

"나랑 같이 살던 고양이…

그 일은… 단순히 슬픔이라고 말할 수 없어.

뭐랄까… 혼돈… 뒤틀림.

그리고 그 뒤에 밀려온 찢겨나갈 듯한 고통.

그게 나를 사지로 몰고 갔어. 참 힘들었지.'

그의 말은 다시 느려졌고, 뭔가 사색적으로 들렸다. 소영이 침 넘기는 소리만 공간을 맴돌았다.

"…내가 참 쓸데없는 소리를 했네. 걱정하지 마. 그렇게 나약한 노인네는 아니니까." 할아버지는 꼬인 다리를 풀며 말했다.

"요즘도 그런 느낌이 있으세요 할아버지?" 소영은 걱정스러운 듯 물었다.

"요즘 내가 제일 보고 싶은 게 뭔지 알아?"

"뭔데요, 할아버지"

"장…태…구." 할아버지는 또박또박 소리내어 말했다.

"내 손주.'

소영은 살짝 움찔했다. 정적은 마치 섬 같았다. 할아버지의 몸이 미세하게 떨렸다. 꾹 참는 울음에 입술까지 바들바들 떨리고 있었다. 다시 그만의 말하는 방식이 이어졌다.

"처음 가져 본 손주.
이번 주에 아들놈이 처음으로 집에 데리고 왔어.
알지? 애 낳아 봤으니까." 소영은 피식 웃으며 고개를 끄덕였다.
"나는 손주 놈 손가락 만질 때, 그 말캉말캉하고 보드라운 손가락이 내 손에서 꿈틀거릴 때 말이야. 딱 한 번만 보면 좋겠다. 진짜 딱 한 번만… 그랬어."
햇살이 비쳐 안경 너머 흐릿하게 보이는 할아버지의 눈에 또 다른 빛이 보이는 것 같았다.
"근데 어제…
꿈 속에서…
내가 앞을 보고 있는 거야.
공원에 서서…
한참을 보고 있었지.
땅에 떨어진 낙엽이 다시 나뭇가지 위로 올라가는 걸…
떨어진 낙엽이 말이야."
"낙엽이요?" 소영은 되물었다.
"응. 낙엽.

근데 그 낙엽이 너무 천천히 올라가는 거야.
마치 바다에 떠 있는 돛단배처럼...
옆으로 움직이면서...
위로 아주 천천히..”

따르릉

사무실에 울리는 전화벨 소리에 소영은 깜짝 놀랐다. 허둥지둥 몸을 일으켜 겨우 전화를 받았다. 센터장이었다. 오늘 오후에 있을 가정 방문 스케줄을 확인하는 전화였다. 소영이 처음 가는 가정 방문이 센터장은 걱정된 모양이었다.
“네 잘 준비해서 다녀오도록 하겠습니다. 걱정하지 마세요. 센터장님!” 소영은 씩씩한 목소리로 대답하며 전화를 끊었다.
“일하는 데 내가 시간을 너무 많이 뺏었네.” 할아버지는 지팡이에 기대 조심스럽게 몸을 일으켰다.
“아니에요. 할아버지, 저 괜찮아요.”
“아니야. 나도 그간 가봐야 해.” 할아버지는 익숙하게 지팡이를 두드리며 문을 찾아갔다. 소영은 그를 엘리베이터까지 배웅하고 사무실로 돌아와 서류 준비를 서둘렀다.
당당하게 빛나는 태양은 차가운 도시를 녹이지 못하고 있었다. 소영은 얼굴이 베일 것 같은 겨울의 차가운 숨결을 온몸으로 느끼며 목도리에 얼굴을 깊이 묻었다. 인도 위에는 눈이 아닌 얼음이 쌓여 있었다. 소영은 조심스럽게 걸음을 옮겼다. 거리는 한적했다. 사람들의 입김만이 바쁘게 움직이고 있었다. 그들의 얼굴은 차가운 겨울바람에 빨갛게 물들어 있었다. 소영이 길모퉁이를 지나자 부드럽게 구부러진 언덕길 옆으로 선화 고등학교가 보였다. 높이 솟은 담벼락을 옆에 두고 소영은 잠시 멈춰 고개를 들었다. 그녀의 눈길이 향한 곳에는 담벼락 위로 맨 가지들만이 손을 뻗고 있었다. 그 끝은 잔잔하고, 고요했다. 소영은 잠시 서서 바라보았다. 이미 오래전에 떨어졌을 낙엽들은 땅속 어딘가에 파묻혀 있을 것이다. 그때, 할아버지의 말이 생각났다.

"천천히 올라가는 낙엽이라...."

소면동 20-12 흙림빌라 403호.

소영이 길을 잃을 염려는 없었다. 소면동은 단 한 번도 그녀에게 달라진 모습을 보여준 적이 없었다. 늘 거기 있었고, 그렇게 그곳에 존재했다. 빌라는 엘리베이터가 없는 오래된 건물이었다. 빌라 내부는 어두웠고, 한쪽에는 단 한 장의 고지서가 꽂혀 있는 낡은 우편함이 있었다. 벽에는 낡은 페인트가 벗겨졌고, 전등이 요란한 소음을 내며 희미하게 깜빡거렸다. 소영은 계단을 따라 조심스레 올라갔다. 그녀의 발소리와 숨소리만이 그곳의 침묵을 깼다. 소영은 가쁜 숨을 몰아쉬며 문 앞에 섰다. 그리고 잠시 깊게 숨을 들이마셨다. 그때 우당탕 소리와 함께 아이의 울부짖음이 문 너머로 들려왔다.

"저 XX년 저거... 내가 죽여버린다."

소영은 그 자리에 그대로 있었다. 1센티도 움직이지 못하고 굳어 버린 채 그 자리에 그대로 있었다. 그녀는 그렇게 문을 사이에 두고 두 세계의 경계에 서 있었다. 문 너머에 존재하는 세계를 외면하고 싶었다. 움츠려 있던 거대한 기억이 떠올랐다. 소름이 돋았다. 군데군데 칠이 벗겨져 녹물이 묻은 문이 순간 벌컥 열렸다.

"도와주세요. 도와주세요. 우리 엄마 죽어요.

엉. 엉. 컥. 엉. 엉. 아줌마!

우리 아빠 좀 말려주세요.

제발 도와주세요. 제발!"

빡빡 깎은 머리에 슈퍼맨 내복을 입은 아이가 맨발로 뛰쳐나와 소영에게 온 답을 쏟아냈다. 공포에 찔려 죽기라도 할 것처럼 숨이 넘어갈 듯 울며 애원했다. 잔뜩 힘이 들어간 열 개의 발가락이 절실하게 오그라들어 있었다. 그 모습에 경직된 소영의 손에 불끈 힘이 들어갔다. 소영은 재빨리 정신을 차리고 아이를 안아 주었다.

"괜찮아. 괜찮아. 괜찮아...."

소영은 아이의 떨리는 어깨를 감싸며 속삭였다. 작은 손가락들이 절박하게 그녀의 옷깃을 움켜쥐었다. 소영은 숨을 삼

컸다. 그리고 입술을 바짝 오므렸다. 어두운 복도, 굳게 닫혀 있는 이웃집 문들은 소영의 마음을 더욱 차갑게 만들었다. 소영은 입고 있던 외투를 벗어 아이에게 덮어주었다. 목에 두르고 있던 목도리도 풀어 아이 목과 얼굴까지 둘러주었다. 눈물로 얼룩진 뺨과 불어 터진 입술 사이로 아이의 이가 부딪히고 있었다. 아이와 소영은 같은 높이에서 서로를 바라보고 있었다. 이 순간, 아이에겐 소영이 전부였다. 소영은 자리에서 일어나 문을 열고, 외면하고 싶었던 세계로 발을 디뎠다.

문을 열고 들어선 순간, 그녀는 한 걸음 멈춰섰다. 거실은 엉망이었다. 찌든 술 냄새가 마치 곰팡이처럼 눅진하게 내려앉아 있었다. 바닥엔 술병이 너댓 개쯤 나뒹굴고 있었고, 깨진 유리조각과 젖은 휴지, 시커먼 담배꽁초가 여기저기 널려 있었다.

"이런 XX 병신 같은 게... 어휴." 퍽. "어휴." 퍽. 퍽.

여자는 움직임이 없었고, 남자의 발이 닿는 곳에서 얕은 신음만이 들렸다. 여자는 쓰러진 채 무자비하게 폭행당하고 있었다.

"나가 뒈져. 이 X년아. 이 XX년아!"

남자는 손에 잡히는 대로 들고 여자를 내리쳤다.

"힘들다... 너무 힘들어."

소영은 작게 중얼거렸다. 그리고 이 악몽 같은 풍경 속에서, 잠시 눈을 감았다. 마치 이 모든 장면이 꿈속 어딘가의 화면처럼 멀어지길 바라는 마음으로. 하지만, 힘들다고 피할 수는 없었다. 눈앞에서 쓰러지는 사람을 보고 아무것도 하지 않는 것만큼 비참한 일은 없으니까.

"그만해, 이 개새끼야!"

소영은 쓸 수 있는 모든 힘을 끌어모아 소리쳤다. 그리고 남자 앞으로 성큼 다가가 죽일 듯 쏘아봤다.

"뭐, 뭐, 뭐야 XX. 어떻게 들어왔어. 너 뭐야!"

남자의 눈은 충혈되어 있었고, 입술은 말라 갈라져 있었다. 숨 쉴 때마다 쉰 냄새 섞인 술 냄새가 뿜어져 나왔다. 어깨는 흐느적거렸고, 말끝마다 어딘가 묽고 지저분한 기운이 묻어 있었다.

"여기서 더 했다가는 네 인생도 끝인 줄 알아!" 소영이 말했다.

"뭐래, 이 XX년이!" 남자의 손이 올라갔다.

"병신 지랄하... 악!"

소영은 재빨리 남자의 손을 잡아채 온 힘을 다해 그의 손가락을 깨물었다. 손가락이 부러질 정도로.

퍽. "아!" 퍽. 퍽. "아! 아!"

남자는 고통에 몸부림치면서 소영의 머리를 사정없이 내리쳤다.

"어, 어, 이러시면 안 돼요. 두 분 떨어지세요." 거실로 뛰어 들어온 남자가 급하게 소영과 남자를 떼어 놓았다. 경찰 제복을 입은 남자를 보니 시끄러운 소리에 누군가 신고한 게 분명했다. 그는 작고 마른 체격으로 모자를 살짝 비스듬히 쓰고 있었다. 얼굴에는 커피를 마시며 견뎌온 피로의 흔적이 가득했다. 하지만 그가 입은 경찰복은 이 모든 혼돈을 멈추게 했다. 그는 방을 훑어보며 재빨리 상황을 파악했다.

"가정폭력 같은데... 두 분은 어떤 사이죠?" 경찰이 물었다.

"아, 저 또라이 같은 년이 남의 집에 함부로 들어와서는 손가락을 쳐 물고 자빠져서... 아, 진짜 씨...."

"저기요! 안 보여요? 당신한테 맞아서 저기 저렇게 누워 계시는 분 안 보여요? 네? 이 쓰레기 같은 인간아!" 소영은 순화해서 말하려 노력했다.

"안녕하세요. 저는 소면동 미르아파트 앞에 있는 동양복지센터에서 일하는 이소영이라고 합니다. 오늘 가정 방문 왔다가 이 개... 후... 아니 이 사람이 아내분을 폭행하는 걸 보고 말리던 중이었어요."

"쩝. 일단 이 사람은 제가 지구대로 데려가겠습니다." 그의 능숙함에선 아무런 감정도 느껴지지 않았다. 소영도 능숙하게 헝클어진 머리를 바로 정돈하며 말했다.

"그러면요? 그리고 나면 해결이 되나요? 경찰 아저씨?" 경찰서에 가도 저 쓰레기 같은 놈은 바뀌지 않을 거고, 이곳은 다시 지옥이 될 것을 소영은 잘 알고 있었다.

"절차가 있으니까요." 경찰은 남자의 손목에 수갑을 채우고 연행해 갔다. 그러나 한 사람의 불완전함이 남긴 흔적들은, 거대한 침묵 속에 조용히 공존하고 있었다. 소영은 깊게 숨을 들이마셨다. 어느새 아이는 쓰러진 엄마를 부축해 침대에 눕히고 있었다. 소영은 재빨리 방 안으로 들어갔다. 그곳의 공기는 너무도 무거웠다. 너덜너덜한 커튼, 쪼개진 의자 다리, 스탠드 조명… 그리고 그곳의 상처를 덮으려는 듯 널브러져 있는 갖가지 옷들. 침묵 속에서 고함과 비명의 잔재들이 울려 퍼지는 듯했다.

"괜찮으세요, 어머니?"

소영은 여자의 얼굴을 가까이에서 들여다보며 말했다. 터진 입술에서 입안으로 피가 흐르자 여자는 입술을 고쳐 물었다. 남자에게 맞았던 왼쪽 뺨은 빨갛게 부어 있었다. 소영의 인기척에 무거운 눈꺼풀이 살짝 열렸다가 다시 힘없이 감겼다. 여자는 고개를 소영의 반대쪽으로 돌리고, 힘겹게 마른침을 삼켰다.

"엄마는 말을 못 해요. 엄마는 농아인이에요." 아이가 말했다.

"알아."

소영은 짧게 고개를 끄덕였다. 이곳에 오기 전에 본 서류에 나와 있었다.

"꼬마는 이름이 지후였던가? 아니 지훈?"

"네! 오지훈이에요."

"아줌마는 복지센터에서 왔어. 할머니랑 셋이 산다고 알고 왔는데 할머니는 어디 가셨어?" 소영은 아이에게 아빠 얘기는 물어보지 않을 작정이었다.

"할머니는 일하러 나갔어요."

"아. 그래? 음... 그럼 일단 아줌마랑 같이 여기 좀 치울까? 지훈아, 좀 도와줄래?"

"네! 알겠어요."

슬픔은 소영에게 익숙했다. 한때는 붓을 잡고 세상을 더 아름답게 바꾸고 싶다고 생각했던 소녀였다. 하지만 어느 순간, 아름다움으로는 아무것도 바뀌지 않는 현실 앞에서 그녀는 붓을 내려놓고 사람을 선택했다. 힘들고 어렵게 살아가는 사람들의 이야기를 듣고, 공감하고, 위로하는 것이 어느새 소영의 삶이 되었다. 그렇게 들려온 그들의 이야기는, 세상 어딘가에 아직도 이름 없는 어둠이 숨 쉬고 있음을 속삭였다. 무책임과 과함이 심은 씨앗 아래, 가장 연약하고 힘없는 영혼들이 어떻게 짓밟히고 버려지는지 조용히 일러주었다. 소영은 그런 인간들이 어지럽힌 흔적들을 다시 말끔하게 제자리로 돌려놓고자 했다. 아무 일이 없었던 것처럼 말이다. 하지만 아무리 치워도 사라지지 않는 것들이 그곳에 남아 있었다.

"지훈이는 꿈이 뭐야?" 소영이 옆에서 열심히 정리하는 지훈에게 물었다.

"오타니라고 알아요?"

"응? 누구?"

"오타니 쇼헤이요. 메이저리그에서 뛰고 있는 일본 야구선수."

"아~, 야구선수가 되는 게 꿈이구나?" 소영은 누군지 모르지만, 아이의 말에 크게 반응해 주었다.

"그냥 야구선수 말고요. 오타니 같은 야구선수가 되고 싶어요. 그렇게 훌륭한 선수가 돼서 나중에 엄마한테 최고로 비싼 집을 사주고 싶어요." 지훈의 눈에서 반쯤반짝 빛이 났다.

"우와~, 멋지다. 지훈아. 나중에 아줌마가 꼭 경기장에 가서 지훈이 응원할게. 꼭 그렇게 됐으면 좋겠다. 열심히 해."

"네~!"

소영은 지훈이와 얘기를 하는 동안 계속해서 여자의 눈치를 살피고 있었다. 여자는 차가운 벽을 향해 돌아누웠다. 소영은 여자의 뒷모습을 한참을 바라보았다. 언젠가 그녀가 따뜻한 세상과 따뜻한 사람들 속에서 지낼 수 있기를 바랐다.

"옆에서 엄마 잘 보살펴 드려. 지훈아~. 아줌마가 또 올게. 그때 또 보자. 우리?"

소영은 두 손을 내밀어 불안해하는 지훈의 두 손을 잡았다. 그리고 몸을 낮춰 같은 높이에서 아이를 다시 바라봤다. 지훈의 눈에서 불안함이 느껴졌다. 그녀는 지훈을 따뜻하게 안아

줬다. 문을 나서는 소영의 눈 속에 차가운 벽을 향해 누워 있는 여자의 모습이 아른거렸다. 그녀는 다시 한번 숨을 크게 들이마셨다. 비명 같은 겨울바람이 목도리를 벗은 목 속으로 깊이 파고들었다. 소영은 다시 목도리를 목에 두르고, 얼굴을 파묻었다. 발걸음이 무거웠지만, 마음속 깊은 곳에서 느껴지는 소중한 존재가 그녀의 몸을 이끌었다. 사랑하는 딸… 소영은 서둘러 빌라를 나왔다. 거리에는 눈발이 조금씩 날리고 있었다. 그녀의 핸드폰이 울렸다.

"소영아, 어디야?"

"응, 엄마. 이제 가는 중이야. 좀 늦었지. 잠깐 일이 있었어. 지금 빨리 갈게." 소영은 발걸음을 재촉했다.

"집으로 오지 말고, 교회 앞으로 와. 엄마 지금 교회 가 봐야 하거든. 교회 앞에서 만나자."

"어, 알겠어."

하얀 포대기에 온몸이 꽁꽁 싸인 채 하얀 밤톨 모자를 쓰고 새근새근 잠을 자는 아이가 보였다. 나는 그 아이를 내려다보고 있다. 태어난 지 갓 한 달밖에 지나지 않은 아이. 바로, 나였다. 생명은 태어나고 나서 한동안 삶을 기억하지 못한다. 기억이 없는 이전까지의 시간은 없는 시간과 같다. 따라서 한 생명이 태어났을 때는 어떤 기억도 없는, 완전하지 않은 존재다. 몸은 세상에 도착해 울음을 터뜨렸지만, 영혼은 아직 도달하지 않은 채 어딘가에서 머물러 있다. 그렇게 기다림의 시간이 쉰아홉 날을 지나 예순 날이 되면, 마침내 영혼이 아이를 향해 조용히 내려온다. 그래서 우리는 60일이 지나서야 살아 있음을 온전히 느낄 수 있다. 그리고 다시 한 달이 지나면 서서히 몸과 영혼이 맞춰지고, 비로소 하나의 사람으로, 하나의 기억으로, 하나의 존재로 태어난다. 나는 그 문턱에 있었다. 그런데 너무 빨리 왔나 보다. 이번 생은 좀 다르다. 그나저나 너무 춥다. 차가운 겨울 날씨는 나를 단잠에서 깨웠다. 하얀 목도리로 얼굴을 감싼 사람이 보였다. 볼이 붉게 물든 여자는 하얀 이를 드러내며 나를 보고 미소 짓고 있다. 그녀의 미소가 따뜻했다. 그녀가 나의 엄마임을 알 수 있었다. 그녀의 커다란 눈 속에서 내 모습이 보였다.

"딸~, 안녕! 아이고. 춥다. 그치?

엄마가 빨리 따뜻한 집으로 모셔다드릴게요~ 가자. 가자."

그녀는 입김을 씩쓰하게 내뿜으며 말했다. 나를 더 힘 있게 안아 자기 품으로 가져갔다. 온기가 느껴졌다. 촘촘해진 눈발이 거리에 하얀 그림을 그렸다. 하얀 눈송이 하나가 내 입술에 닿았다가 곧 사라졌다.

"겨울은 고요하다."

그녀가 잠시 멈춰 섰다. 다시 나를 내려다봤다. 목도리에 가려진 얼굴에 미소가 가득 숨겨져 있는 걸 나는 알았다. 신호등이 녹색불로 바뀌자, 그녀는 다시 나를 꼭 안고 발걸음을 재촉했다. 그때였다.

굉음과 함께 차 한 대가 우리를 향해 질주해 오고 있었다. 그녀는 위험을 직감하고 나를 보호하기 위해 몸을 돌렸다. 그 순간, 모든 소리가 멀어졌다. 눈앞의 세상이 갑자기 빠르게 움직이기 시작했다. 빠르게… 너무 빠르게. 세상이 흐려졌다가, 번쩍! 누군가가 나를 뒤에서 세게 당기는 것 같은 느낌이 들었다.

"안 돼!" 그녀가 소리쳤지만, 차는 멈추지 않았고, 그대로 우리를 밀고 달려갔다.

쾅.

횡단보도 위, 우린 마치 시간이 멈춘 듯한 암흑 가운데 놓여 있었다. 갑작스러운 정적이 모든 걸 삼켜버렸다. 비명처럼 차가운 겨울 공기는 숨죽인 관객처럼, 이 비극의 순간을 지켜보고 있는 것만 같았다. 순간, 모든 것이 멈췄다. 소리가 사라지고, 나리던 눈송이조차도 공중에 멈춰 있는 듯했다. 그리고 다음 순간, 바닥에 내리꽂히는 육체의 둔탁한 충격음이 귓가를 찢었다.

쿵!

사고의 충격으로 그녀의 몸이 공중으로 튕겨 올라갔다. 나는 차량 앞 유리에 강하게 충돌했다. 모든 것이 거꾸로 느려졌다. 그녀의 몸이 무너지는 듯한 충격과 함께 다시 도로 위로 떨어졌다. 주변 사람들이 비명을 지르며 달려왔다. 운전석에서 한 남자가 술에 취해 몸을 비틀거리며 나왔다. 음주운전이었다. 한 인간의 욕망, 불완전함이 우리에게 다가와 모든 것을 앗아가는 순간이었다. 땅에 떨어진 그녀는 용수철처럼 다시 벌떡 일어났다.

"별아! 별아!"

그녀가 곧 다시 쓰러졌다. 그녀 주변으로 사람들이 몰려들었다. 누군가가 나를 안고 안전한 곳으로 이동했다. 나의 몸은 반응하지 않았다. 차량 불빛들이 마치 슬픈 조명처럼 우리를 비추고 있었다. 웅성웅성하던 주변의 소리가 점점 멀어지며, 마치 깊이 잠들어 가는 꿈의 소리처럼 희미해졌다. 아무런 감각도 느껴지지 않았다.

"난 겨우 오늘 지구에 왔는데…"

이제 막 도착했던 존재였다. 이 세상에…

"엄마가 미안해. 엄마가 널 지켜주지 못해서 미안해."

여자의 마음속 이야기가 들려왔다.

"우리 아가, 별아.

사랑해.

너무도… 사랑해.

어떻게 우리에게 이럴 수 있을까? 어떻게 엄마가 너와 헤어질 수 있을까?

우리 이제 겨우 만났는데, 별아...

별아, 별아... 왜 이렇게 조용해? 왜 이렇게 고요한 거야? 엄마가 아직 할 말이 너무 많은데... 숨이 막혀와... 별아. 가슴이 찢어지는 게 이런 거구나. 별아, 제발... 제발... 엄마가 처음 너를 안았을 때, 그 조그맣고 따뜻했던 네 온기가 아직도 생생해. 네 작은 손가락을 처음 만졌을 때의 감촉, 꼭 쥐고 놓지 않으려던 네 손의 온기, 눈을 맞추며 까르르 웃던 네 미소, 옹알대던 그 목소리까지... 모든 게 스쳐 지나가고 있어. 따뜻한 세상과 따뜻한 사람들, 그리고 아빠랑 너와 함께 그곳에 있고 싶었는데... 그러지 못해 엄마는 너무 슬퍼. 이제 더는 널 안아줄 수 없다는 게... 너를 지켜주지 못했다는 게... 너무도 슬퍼.

우리 아가, 별아.

사랑해.

너무도... 너무도 사랑해.

지금 너의 작은 심장 소리가 느껴져.

모든 순간이,

모든 감정이,

엄마 가슴에 선명히 남아 있어. 너와 함께 더 오래 있고 싶었어. 더 많이 안아주고 싶었고, 더 많이 느끼고 싶었는데... 너무나 짧았던 시간이야. 그 시간을 놓아줘야 한다는 게... 엄마는 너무 슬프다. 별아. 시간이 멈춘 듯한 이 순간에도, 엄마는 네가 보고 싶어. 너무... 보고 싶어."

　얼굴에 하얀 눈송이가 내려앉았다. 하얀 눈송이들이 바람에 흩날리며 하늘 위로 천천히 그리고 다시 거꾸로 올라가고 있었다. 세상은 조용히 그리고 서서히 어두워져 갔다. 거리의 불빛들은 희미하게 깜빡이며, 우리의 마지막 순간을 탄식하는 듯했다. 모두가 외면하고 싶은 순간이었다. 마지막 순간이 벌써 찾아왔다. 내 세계는 다시 멈춰가고 있었다. 내가 존재하지 않는 세계는 너무나도 아무렇지 않아 보였다. 자연스럽고 당연했다. 우주 속에서 내가 존재했던 시간은 늘 찰나였다. 그렇게 짧은 순간만큼 존재하다 그렇게 사라졌다. 하지만 그 찰나에도 다양하고 역동적인 이야기가 있었다. 화려했고, 찬란했으며 때론 처절했다. 그런데 오늘의 나에겐 그 찰나조차 주어지지 않았다.
　내겐, 그 어떤 이야기도...
　없었다.

　하지만 아무런 이야기도 없는 그 삶이 오히려 내게 큰 고함을 지르며 말하고 있는 것만 같았다. 마치 신이 존재하지 않을 것만 같은 세계에서...
　나는,
　잠시 머물렀다.

QR을 스캔하면 음악이 나옵니다.

- QR을 스캔하면 음악이 나옵니다 -

06

B.S.T(Book Sound Track). We're all crying

한참 동안을 아무 말 없이 서 있다.
너무 어린 영혼에게 죽음은 말하네.

소리 없이 다가온 거대한 이별
아인 이별을 처음 알게 됐죠.

떨어지는 낙엽과 다시 오르는 눈은

그곳, 멈춰진 시간에
음~~~
We're all Crying

작사/곡 : 필통밴드

#5
Ocean's Lament

Ocean's Lament

 깎아지른 절벽 아래로 하얀 구름이 포근하게 깔려 있었다. 마치 이 세상 모든 소음을 덮어주는 이불처럼 새하얗고 부드러웠다. 손에 닿을 듯 말 듯한 그 풍경 속에 진국은 함께 물들어 있었다. 눈을 살짝 감았다. 어떤 것도 느껴지지 않았다. 진국은 그저 그렇게 그곳에 서 있었다.

 그 순간, 누군가 절벽 아래로 몸을 던졌다. 진국도 따라 몸을 기울이고, 발끝을 절벽 가장자리에 걸쳤다. 그리고 아주 자연스럽게 하늘에 몸을 맡겼다. 작은 망설임도 없는 몸짓이었다. 하늘은 그의 몸을 부드럽게 끌어안았다. 허공엔 오직 진국이 내뱉은 숨소리만이 커다랗게 들려왔다. 그 소리는 바람과 얽혀 길고도 깊게 울려 퍼졌다.

"어... 배추도사?"

진국은 그 굳세고 단단해 보이는 배추머리를 움켜잡고 하늘을 날고 있었다. 천천히 아주 천천히 높은 그곳에서 내려오고 있었다. 구름 사이로 드넓은 풍경이 모습을 드러냈다. 눈에 보이는 모든 풍경이 너무 아름답게 느껴졌다. 저 멀리서 학교 운동장이 보이기 시작했다. 그 운동장 한가운데에는 키가 아주 크고 삐삐 마른 백발의 노인과, 작고 아담하지만 고풍스러운 옷으로 멋을 낸 노모가 서 있었다. 두 사람은 서로의 손을 잡고, 사랑스럽게 서로를 바라보고 있었다. 진국은 마치 둥근 궤도를 따라 도는 위성처럼 커다란 원을 그리며 점점 그들에게 다가갔다. 갑자기 진국의 눈앞에 카메라 렌즈가 씌어졌다. 진국이 눈을 깜박이자 카메라 셔터음이 들렸다. 카메라 셔터음과 함께 진국은 느리게 그들 주위를 계속 돌고 있었다. 카메라 셔터음 소리가 점점 빨라졌다. 그러자 하늘 위에 거대한 구름이 내려와 땅 위를 덮기 시작했다.

빵———!

거대한 굉음이 허공을 찢었다. 깜짝 놀란 진국의 눈이 번쩍 떠졌다. 진국의 트럭 앞에 텅 빈 도로가 보였다. 그는 핸들을 움켜쥐며 거칠게 숨을 내쉬었다. 꿈이었다. 진국이 잠깐 졸고 있는 사이에 길게 늘어선 트럭들이 멀리까지 보였다. 진국은 서둘러 앞으로 나갔다. 그리고 잠시 허공을 응시했다. 가

숨이 빠르게 뛰고 있었다. 하지만 특별히 숨이 가쁜 것은 아니었다. 그저 짧고 독특한 꿈의 흔적만이 마음 한구석에 걸려 있을 뿐이었다. 명절 연휴가 시작되기 전 택배 물류센터 새벽 시간은 그야말로 혼돈 그 자체다. 센터 안으로 진입하는 데도 많은 기다림이 필요했다. 진국은 물류센터 레일 사이사이 산더미처럼 쌓여 있는 택배 상자들을 처음 보았을 때가 불현듯 떠올랐다. 몸을 돌려 그대로 도망가고 싶었지만, 그럴 수 없는 현실이 앞을 가로막았다. 진국은 매번 명절이 돌아올 때마다 마치 오래된 흉터처럼 그때의 감정이 되살아났다. 그렇게 매일 반복된 일상은 어느덧 8년이란 시간으로 쌓여갔다. 매일 같은 시간, 같은 곳. 진국은 늘 있어야 할 그곳에 있었다. 운전대 옆으로 소영, 그리고 딸 별이와 함께 찍은 사진이 살랑살랑 흔들거린다. 진국이 고된 노동의 시간과 사투하며, 외롭고 지루한 일상의 반복을 인내할 수 있었던 바로 그 이유다.

새벽 공기가 차갑게 얼굴을 스쳤다. 여명이 희미하게 물류센터의 시멘트 외벽을 물들이고 있었다. 진국은 차에서 내리며 몸을 한 번 움츠렸다. 그리고 다시 깊은 숨을 들이마시며 이내 묵직한 피로를 내뱉었다. 회색빛 레일 사이로 빼곡히 쌓인 택배 상자가 가득했다. 지난주보다 월등히 많은 물량이었다. 이곳 센터에서 진국과 같이 일하는 사람은 모두 14명. 그 누구도 회사의 직원은 아니다. 저마다의 트럭을 가지고 각자

도심의 한 구역을 책임지고 있는 개인 사업자들이었다. 이른 아침이었지만, 몇몇은 이미 나와 난로 옆에 모여 있었다. 얼굴이 발그레해진 이들은 쓴 커피를 마시며 담배 연기 속에서 가벼운 농담을 주고받고 있었다. 진국은 도크 위를 힘껏 뛰어오르며 큰 소리로 인사했다.

"안녕하세요!"

모두 고개를 돌리며 대충 손을 흔들거나 고개를 끄덕였다. 그중 몇몇은 따뜻한 미소를 지으며 그의 인사를 받아줬다. 대부분 진국보다 연배가 있는 40대 이상이었다. 각자 사연이 있었고, 누구 하나 소위 편한 삶과는 거리가 멀어 보였다. 하지만 모두에게 어딘가 묘한 단단함이 서려 있었다.
"진국이 왔냐!"
철희가 소리쳤다. 쉰 목소리였지만, 한없이 친근했다. 철희는 이곳에서 가장 연륜이 많다.
"안녕하세요, 아저씨. 오늘 몸은 좀 괜찮으세요?"
"괜찮긴 뭐가 괜찮아. 그냥 버티는 거지. 너는 새벽부터 팔팔하네." 뒤쪽에서 막내 현수가 가볍게 손을 흔든다. 스물셋이라는 나이가 무색할 만큼, 그의 눈 밑엔 어느새 다크서클이 짙게 물들어 있었다. 진국은 다가가 그의 어깨를 한 번 툭툭 쳤다.

"언제 그만두는겨? 하! 하!"

진국은 현수를 이렇게 매일 놀려댔다. 현수 같은 어린 친구들이 호기롭게 왔다가 한 달도 못 채우고 도망가는 걸 진국은 그동안 수없이 봐왔다. 하지만 현수는 그저 버티는 게 아니라 매일 조금씩 자신을 단단하게 다듬고 있다는 걸 진국은 느꼈다. 그의 마음을 알기에 더 애정이 갔고, 짓궂게 장난을 걸었다. 현수는 억지 미소를 지으며 고개를 돌려 딴짓을 했다. 명절을 앞둔 시기라 물량은 폭발적으로 늘어난 상태였다. 모두가 알았다. 이번 주는 몸이 부서질 정도로 일해야 한다는 걸.

드디어 레일이 움직이기 시작했다. 규칙적으로 덜컹거리는 소리와 함께 레일 위로 택배 상자가 흐르기 시작했다. 여기저기서 욕이 흘러나왔다. 무거운 상자가 찾아올 때마다 연신 쌍욕이 터져 나왔다. 하지만 각자 자신의 지역에 할당된 물건들을 찾는 손길은 빠르고 정확했다. 작은 상자든 무거운 상자든, 이들은 귀신같이 자신의 물건을 찾았다. 택배 물량은 바닥에도 산더미처럼 쌓여 있었고, 누군가는 그것을 레일 위로 올려주는 작업도 해야 했다. 매일 2명씩 돌아가며 그 일을 하고 있었다. 그게 이곳의 규칙이었다. 모두가 자신의 시간을 내고, 공정하게 나눠 일했다. 오늘은 진국과 현수가 맡아서 하는 날이다. 진국은 두꺼운 장갑을 끼고 레일 바닥에서 택배 상자를 들어 올렸다. 큰 상자를 안아 올릴 때마다 몸이 무겁게 뒤로 젖혀졌다. 숨은 차올랐지만, 손은 멈출 수 없었다. 택배 무덤이 사라질 때쯤 또 다른 택배 무덤이 솟아올랐다. 한동안 끝도 없이 사라졌다 다시 채워지기를 반복했다. 그렇게 시간은 어느새 10시를 훌쩍 넘어가고 있었다. 모두의 얼굴에는 벌써 피로가 짙게 드리웠다. 진국은 잠시 도크 끝에 걸터앉아 숨을 고르며 주변을 둘러봤다. 모두의 표정은 똑같았다. 그리고 하는 일도 똑같았다.

"고생했다. 이제 시작인데."

철희가 진국에게 다가왔다. 손에는 커피가 담긴 작은 종이컵이 들려 있었다. 진국은 웃으며 컵을 받아들었다. 쓴 커피의 힘은 최고였다. 묘하게 아침의 서늘함이 가라앉는 기분이 들었다.

"고맙습니다, 형님."

"하루하루 버티는 게 고맙지, 뭐." 철희는 담담히 말했다.

진국은 곧 다시 몸을 일으켰다. 오늘도 진국은 버틸 준비가 되어 있었다. 센터 안은 택배 상자로 북적였지만, 레일은 다시 돌지 않았다. 이제 분류한 택배 상자를 화물칸에 차곡차곡 쌓는 작업을 시작했다. 제일 빠르게 일을 끝낼 수 있는 노선에 맞춰 트럭 화둘칸을 채워가기 시작했다. 진국은 이제 택배 상자 주소만 보면 그것을 어디에 쌓아야 할지 알았다. 제일 늦게 배송되는 택배 상자부터 화물칸 제일 안쪽으로 빈틈없이 쌓기 시작했다. 그렇게 한참을 테트리스 작업을 마치고, 12시가 훌쩍 넘어서야 진국은 센터를 나왔다. 차창 밖의 풍경이 천천히 흘러갔다. 투명한 적막이 짙게 느껴졌다. 햇살마저 차갑게 얼어붙은 듯한 하늘에서 눈이 녹고 남은 얼룩진 흔적들이 가득한 도로 위로 희미한 빛이 반사되었다. 그 모든 풍경이 창문을 스쳐 지나갔다. 진국은 창문을 닫았다. 차 안에는 엔진 소리와 미묘한 진동만이 남아 있었다. 이제부터 단 10분도 쉴 수 없는 시간. 진국은 기어를 바꾸고, 다시 속도를 올렸다.

내동 617-1, 그린빌 4층.
진국은 손수레를 끌고 그 익숙한 건물 앞에 멈춰 섰다. 이곳은 지난 8년 동안 셀 수 없이 찾아왔던 곳이다. 때로는 매일 같이, 때로는 일주일에 한두 번 왔다. 계절이 바뀔 때마다 문 앞의 화분이 조금씩 다른 모습으로 변했다. 이름 모를 꽃들도 작게 피어났다. 그리고 언제나 문 옆엔 진국을 위한 작은 간식들이 놓여 있었다. 초콜릿, 쿠키, 음료수. 때로는 작고 아담한 손편지도 함께 있었다. 그것들은 매번 진국에게 새로운 느낌의 쉼표가 되어주곤 했다. 이곳에 처음 왔던 날이 문득 떠올랐다. 그땐 단순히 주소와 물건만 확인하며 움직이는 게 전부였다. 하지만 문 옆에 가지런히 놓인 작은 음료수와 초콜릿을 본 순간, 진국은 잠시 멈췄다. 그날 소리 없이 미소 지었던 기억이 난다. 진국이 숨을 고르며 택배 상자를 문 앞에 조심스럽게 내려놓았다. 오늘도 문 옆에 음료수와 소보로빵

이 나란히 놓여 있었다. 그리고 손끝에 작은 쪽지가 닿았다.

"기사님, 감사합니다. 추우신데 감기 조심하시고, 명절에 새해 복 많이 받으세요!"

진국은 한동안 메모를 바라보다 조심스럽게 접어 주머니에 넣었다. 그 작은 쪽지 하나가 오늘 하루를 버틸 힘이 될지도 몰랐다. 진국은 한 번도 이 집 사람들을 만난 적이 없었다. 문이 열릴 때를 피하기라도 하듯 빠르게 상자를 내려놓고는 다음 주소로 향했다. 진국은 누군가에게 직접 고맙다는 말을 듣는 것보다 이 익명의 따뜻함만으로 충분하다고 생각했다. 차가운 도시의 골목마다 택배를 나르며 수없이 오가는 사람들 속에서 느꼈던 감정이 떠올랐다. 때로는 그저 아무런 말 없이 닫히는 문, 쫓기듯 움직이는 하루들 속에서 스스로 기계처럼 굴어야 할 때도 있다. 하지만 이 작은 쪽지와 간식들에는 다른 온도가 느껴졌다. 진국은 알 수 있었다. 고된 하루에도 느껴지지 않던 또 다른 감정이 묵직하게 내려앉아 진국을 마주했다.

"참... 고맙네!"

진국은 주머니 속 쪽지를 손에 꼭 쥐며 혼잣말을 했다. 모든 것이 그대로인 듯 보였지만, 진국의 마음에는 그 쪽지와 함께 묘한 따스함이 스며들었다. 그리고 다시 고된 몸을 지탱하며 재빨리 걸음을 옮겼다. 따뜻함이 느껴지는 건물을 빠져나오자, 겨울의 차가운 공기가 그의 숨결을 하얗게 만들었다.

바람이 옷깃 사이로 파고들었다. 하지만 그 순간만큼은 추위가 잘 느껴지지 않았다. 어디선가 아이들이 떠드는 소리가 들리고, 바람에 실린 익숙한 찌개 냄새가 코끝을 스쳤다. 배 속에서 허기가 올라왔다. 늘 그래왔듯 차에서 이동 중에 간단하게 김밥으로 배를 채웠다. 진국은 익숙한 빌라 단지의 좁은 골목을 따라가며 분주하게 뛰어다녔다. 오래된 담벼락에는 빛바랜 포스터와 전단지가 어지럽게 붙어 있고, 몇몇은 바람에 찢겨 나뒹굴었다. 곳곳에 주차된 오토바이와 트럭들 사이를 요리조리 피해 지나갔다. 바퀴가 울퉁불퉁한 보도를 지날 때마다 덜컹거리는 진동이 손끝으로 전해졌다.

 빌라 단지의 골목을 벗어나자 넓은 도로가 나타났다. 거리는 점심시간을 맞아 더욱 활기를 띠고 있었다. 따사로운 겨울 햇살이 건물 유리창에 반사되어 반짝였다. 바쁘게 오가는 사람들 사이로 김이 모락모락 피어오르는 음식 냄새가 거리에 흩어졌다. 횡단보도 앞에는 배달 오토바이들이 줄지어 신호를 기다리고 있었다. 라이더들은 장갑 낀 손으로 핸드폰을 들여다보며 목적지를 확인했다. 길가에는 점심을 해결하려는 직장인들이 삼삼오오 모여 있었다. 포장마차 앞에는 호떡과 어묵을 사려는 사람들이 줄을 섰다. 노점 주인은 연신 뜨거운 어묵 국물을 퍼 나르며 손님들의 종이컵을 채웠다. 진국은 횡단보도 앞에 멈춰 서서 신호가 바뀌길 기다렸다. 창문을 살짝 내렸다. 숨을 깊이 들이마시자 기름진 음식 냄새와 갓 내린 커피의 고소한 향, 그리고 멀리서 흩어지는 겨울 공기의 싸늘한 기운이 뒤섞였다. 신호등이 초록불로 바뀌었다. 진국은 다시 기어를 옮겼다. 넓은 도로를 건너며 시야가 점차 바뀌었다. 다닥다닥 붙은 빌라 대신 제법 오래된 아파트 단지들이 모습을 드러냈다. 아파트 담벼락에는 바랜 페인트 자국과 낡은 표지판이 붙어 있었다.

"백년 아파-트"

오래된 글자가 바랜 페인트 위로 선명하게 드러났다. 겨울 햇살이 간판을 스치고 지나가며 글자 일부를 희미하게 비추고 있었다. 시간의 흔적이 곳곳에 배어 있었다. 단지 초입으로 들어서자 겨울바람이 한층 더 매섭게 느껴졌다. 넓은 주차장을 지나며 진국은 잠시 멈춰 섰다. 그리고 그 순간, 저 멀리 익숙한 뒷모습이 눈에 들어왔다. 진국의 동공이 순간 커졌다. 본 적 있다. 그 모습을 본 기억이 있었다. 두 다리를 살짝 벌리고 엉거주춤 걸어가는 그 뒷모습.

형이다.

형의 몸에 배어 있는 습관 같은 걸음걸이. 바짓가랑이를 조심스레 살피며 걷는 뒷모습. 진국은 알 수 있었다. 형이 큰 볼일을 바지에 지렸다는 것을. 어릴 때부터 익숙하게 보아왔던 모습이다.

6살에서 더는 늙지 않고 멈춰 있는 우리 형. 나를 형이라고 부르는 우리 형 이진현. 진국은 엄지손톱 위에 새겨진 바랜 흉터를 연신 검지로 비벼댔다. 형은 입에 거품을 물고 쓰러졌었다. 간질이었다. 그때 덜 씹힌 음식 조각이 기도를 막았고, 진국이 손가락을 밀어 넣어 꺼내려다 그만 형의 이빨에 깨물려 생긴 상처였다. 흉터는 희미해졌지만, 그날의 기억은 흐려지지 않았다. 형은 여전히 저 앞에서 걸음을 옮기고 있었다. 멈추지도 뒤돌아보지도 않았다. 하지만 진국은 그곳에 멈춰 있었다. 손끝으로 흉터를 문지르는 동작만이 멈추지 않았다. 진국은 어릴 때 형을 씻기던 기억이 떠올랐다. 좁은 욕실 안에서 진국은 작은 손으로 형의 머리를 감겨주었다. 형의 몸은 커다랬다. 하지만 동작은 어린아이처럼 둔하고 느렸다. 샴푸 거품이 이마를 타고 흘러내리면 형은 곧잘 눈을 꼭 감아버렸다. 그럴 때마다 진국은 급하게 작은 바가지를 집어 들고 머리 위로 물을 부었다. 물이 쏟아지면 형은 어깨를 움츠리면서도 그저 가만히 앉아 있었다. 형의 피부는 유난히 하얗고 부드러웠다. 하지만 여기저기 멍이 들어 있거나 긁힌 자국이 있었다. 넘어지고 부딪히는 일이 많아서였다. 진국은 그런 형의 몸을 조심스럽게 문질렀다. 욕실 바닥에 물이 흥건해질 때쯤이면 형의 몸을 수건으로 감싸 안아 밖으로 데리고 나와야 했다. 물기를 닦아주고, 커다란 티셔츠를 입혀주고, 머리를 수건으로 감싸 문질러 주었다. 그 과정이 끝날 때까지 형은 가만히 있었다. 그때만큼은 아이 같지 않았다. 때때로 진국이 물기를 닦으며 웃어 보이면 형도 어느새 따라 웃었다. 그 미소는 언제나 순수했고, 변함없었다. 세상에서 변하지 않을 사람은 오직 형밖에 없다고 생각했다.

　진국은 깊이 숨을 들이마셨다. 작은 욕실 안에 김이 자욱한 가운데 엄마가 형을 씻기고 있을 모습이 떠올랐다. 엄마는 이제 많이 야위었고, 주름이 깊어졌지만, 여전히 형을 다정하게 닦아줄 것이다. 형이 몸을 가누지 못하던 한 손으로 지탱해 주며 등을 닦아주고, 손가락 사이사이까지 물을 흘려보내며 정성껏 씻겨줄 것이다. 형을 씻기면서 엄마는 형이 없는 세상을 상상하지 않을 것이다. 오히려 자신이 없는 세상을 걱정할 것이다. 형이 혼자 남겨진다는 걸 알기 때문이다. 어린 시절 형은 음식을 잘 흘렸다. 때때로 진국은 그걸 보고 따라 하곤 했다. 형이 흘리면 진국도 같이 흘렸다. 형이 숟가락을 떨어뜨리면 진국도 일부러 떨어뜨렸다. 그런 날이면 엄마가 파리채를 들고 와 형과 진국을 막 혼내곤 했다. 아빠가 집에 돌아오는 건 늘 늦은 밤이었다. 진국은 어릴 때부터 늦은 밤 현관문이 조용히 열리는 소리에 자주 잠에서 깨어나곤 했다. 문틈 사이로 거실 불이 켜지면, 피곤에 절어 축 처진 어깨와 한겨울에도 바람이 스며든 듯한 허름한 점퍼에 기름때 묻은 작업복이 보였다. 진국이 기억하는 아빠의 모습은 늘 그랬다. 그래도 쉬는 날이면 엄마 대신 형을 씻기고 돌봐주었다. 욕실 문틈으로 들려오던 아빠의 말투는 엄마보다 훨씬 서툴렀다. 진국은 알아차렸다. 아빠도 엄마처럼 형이 남겨질 세상을 두

려워하고 있었다. 그래서 아빠는 자신들이 사라진 뒤에도 형이 머물 수 있는 요양원에 돈을 내고 있었다. 그 돈을 벌기 위해 더 늦게까지 일하고, 더 오래 버텼다. 아빠와 엄마는 늘 서로를 위로하고 다독였다. 두 사람은 서로가 얼마나 지쳐 있는지, 얼마나 버티고 있는지 알 수 있었다.

"누가 더… 운이 없는 걸까?"

6살에서 멈춰버린 삶. 어른이 되지 못한 채 누군가의 손길이 없으면 아무것도 할 수 없는 삶. 씻을 때도 밥을 먹을 때도 옷을 갈아입을 때도 누군가의 도움이 필요했다. 시간이 흘러도 세상이 변해도 형의 하루는 언제나 똑같았다. 간질이 시작되면 몸을 가누지 못하고 바닥에 쓰러졌다. 미처 삼키지 못한 음식은 입 밖으로 질질 흘러나왔다. 시간이 지나면 아무것도 기억하지 못한 채 멍한 눈으로 웃곤 했다. 엄마는 자신이 낳은 아이가 평생 어른이 될 수 없다는 사실을 받아들이며 살아야 했다. 하루하루 커가는 자식을 지켜보는 대신, 그가 점점 더 아이처럼 변해가는 모습을 보며 살아야 했던 사람. 형이 넘어질 때마다 발작을 일으킬 때마다 자신의 탓을 했을지도 모를 사람. 그래서 엄마는 지금도 형을 씻기고, 먹이고, 재우고, 또다시 똑같은 하루를 반복하고 있을 것이다. 나중에 형만 남겨진 세상을 무엇보다 걱정하는 아빠. 형이 남겨진 세상에서 혼자 살아갈 수 없다는 걸, 형을 두고 떠날 수 없다는 걸 너무 잘 알고 있었다. 그래서 아빠는 형이 머물 수 있는 요양원에 매달 열심히 돈을 내고 있다. 자신들이 존재하는 삶보다 존재하지 않는 삶을 더 걱정한다. 진국은 부모가 되어보니 그런 엄마와 아빠의 마음이 어땠을지 조금은 헤아릴 수 있었다. 진국은 형과는 다르게 태어났지만, 형과 함께 살아오면서 그의 삶에서 한 발짝도 벗어나지 못하는 자신을 일찍부터 보았다. 형을 원망하지 않으려고 애쓰면서도 형을 씻길 때마다, 그를 위해 손을 뻗을 때마다 가슴 한편에 차오르는 무거운 감정이 있었다. 형이 아닌 자신이 그렇게 태어났다면... 그러면 형은 지금처럼 평생 누군가의 손길에 기대며 살아가는 대신 평범한 삶을 살고 있었을까?

가슴이 먹먹했다.

- QR을 스캔하면 음악이 나옵니다 -

07

B.S.T(Book Sound Track). 엄마야 아빠야

하루하루가 참 빨리 가죠
어느새 울 엄마 할머니가 되었네요
파리채 들고 날 혼내키던
그 시절 그때가 나는 정말 그립네요

음~ 엄마야
음~ 부르던 그 시절 그때
음~ 엄마야

그 이름 너무 익숙해져 버린 그 이름
늘 내가 힘겨울 때면 늘 찾던 그 이름

너무나 많이 불러 봤던 그 이름만이
나를 울고 웃게 해

거칠해진 손, 작아진 어깨
어느새 울 아빠 흰머리가 가득하네요
거친 세상을 홀로 견디며
지내온 그 세월 이제서야 알겠네요

음~ 아빠야
음~ 부르던 그 시절 그때
음~ 아빠야

그 이름 너무 익숙해져 버린 그 이름
늘 내가 힘겨울 때면 늘 찾던 그 이름
고마운 사람 변함없이 나를 믿어 준 사람
사랑합니다.

작사/곡 : 필통밴드

진국은 다시 깊게 숨을 들이마셨다. 차가운 공기가 온몸으로 찌릿하게 퍼졌다. 진국은 여전히 엄지손톱을 비비고 있었다. 형에 대한 생각은 늘 그렇듯 쉽게 가라앉지 않았다. 하지만 그 생각을 오래 붙들고 있을 수는 없었다. 진국은 손에 힘을 주어 손수레의 손잡이를 다시 쥐었다. 메마른 손바닥과 차가운 철제 손잡이 사이의 감촉이 선명했다. 다시 바삐 움직이기 시작했다. 몇 년째 다니는 길이라 눈을 감고도 갈 수 있을 정도였다. 단지 사이로 난 좁은 길을 지나 엘리베이터 앞에 멈췄다. 버튼을 누르고 기다리는 동안 어깨너머로 보이는 풍경이 익숙했다. 자전거를 끌고 가는 할아버지, 손을 잡고 걸어가는 아이와 엄마, 저녁 장을 보고 돌아오는 노부부. 엘리베이터 문이 열리자 진국은 손수레를 끌고 안으로 들어갔다. 벽에 붙은 거울 속 자기 모습을 흘끗 보았다. 짙은 다크서클과 거칠어진 피부, 다소 내려앉은 어깨가 눈에 들어왔다.

띵.

문이 열렸다. 복도는 조용했다. 진국은 익숙한 방식대로 상자를 하나씩 들고 문 앞에 내려놓았다. 그렇게 정신없이 뛰어다니며 15개 동을 돌고 다시 상가들이 밀집된 지역을 오후 내내 돌았다. 하나씩 사라지는 택배 상자들, 비워지는 화물칸, 그러나 점점 무거워지는 몸. 숨이 가빠지고, 장갑을 낀 손끝이 얼어갔다. 겨울이라 해가 빨리 떨어졌다. 하늘 끝자락에 걸려 있던 햇빛이 어느새 자취를 감추었다. 저녁 어스름이 거리를 덮었다. 불그스름하던 노을이 잿빛으로 변하며 가로등이 하나둘 깨어났다. 차가운 바람이 더 매섭게 살갗을 파고들었다. 사람들의 발걸음도 빨라졌다. 이제 마지막 아파트 단지를 돌면 끝이 난다. 진국도 서둘러 발걸음을 옮겼다. 마지막 아파트 초입에 들어서는 순간, 주머니 속에서 전화벨이 울렸다. 손끝이 얼어 제대로 눌리지 않는 화면을 간신히 밀어 올렸다. 낯선 남자의 목소리가 들려왔다.

"건양대 병원 응급실입니다. 이소영 씨 보호자 되시죠?"

그 짧은 순간, 진국은 가슴이 덜컹 내려앉았다.

"네? 무슨 일이시죠?" 그는 반사적으로 대답했지만, 목소리가 제대로 나오지 않았다.

"지금 이소영 씨외 따님이 교통사고로 응급실에 와 있는데요..." 진국의 손에서 힘이 빠졌다. 핸들이 흔들렸고, 차가 순간적으로 좌우로 쏠렸다.

"네? 그래서요?" 진국은 소리치듯 되물었다. 목이 타들어 갔다. 입술이 바짝 마르고, 가슴이 빠르게 뛰기 시작했다.

"일단 빨리 와 보셔야 할 것 같습니다." 순간적으로 심장이 뚝 떨어진 것 같았다. 차가운 무언가가 등골을 타고 흘러내렸다. 진국은 간절한 목소리로 다시 말했다.

"아니... 아니... 무슨 말이에요. 제 아내랑... 제 딸이... 사고요?"

진국은 반쯤 소리 지르듯 물었다.

"네, 지금 바로 오셔야 합니다."

더 이상 말이 들리지 않았다. 모든 소음이 사라졌다. 세상의 소리가 하나도 닿지 않았다. 몸이 굳어 버린 채, 손에서 힘이 빠졌다. 한순간, 귓속에서 커다란 굉음이 울렸다. 심장 박동 소리가 귓가를 때렸다. 머릿속이 새하얘졌다. 바닥이 꺼지는 것 같았다. 진국은 그대로 핸들을 돌렸다. 진국의 트럭이 도로를 달리기 시작했다. 속도를 높였다. 차창 밖으로 스쳐 지나가는 풍경들이 뒤엉켜 흔들렸다. 신호등이 붉게 바뀌었지만, 진국은 멈추지 않았다. 누군가 경적을 울리며 소리를 질렀다. 하지만 진국은 듣지 못했다. 그저, 한 가지 생각만이 머릿속을 가득 채우고 있었다. 병원 건물이 보였다. 멀리서도 선명하게 보이는 응급실 네온사인. 진국은 차를 세울 생각도 하지 못한 채, 그대로 달려갔다. 진국은 병원 문을 박차고 들어섰다. 병원에 도착하자마자 진국은 접수대에 몸을 기대듯 엎드렸다. 숨이 가빠 제대로 말을 잇지 못했다.

"이소영... 보호자인데요."

그 한마디를 내뱉는 순간, 간호사의 얼굴이 굳어졌다.

"잠시만요."

간호사는 서둘러 안쪽으로 사라졌고, 진국은 그 자리에 얼어붙은 채 서 있었다. 손에 힘이 들어갔다.

"제발, 제발, 제발."

그 짧은 시간이 몇 시간처럼 느껴졌다. 잠시 후 의사가 진국에게 다가왔다.

"어떻게 말씀드려야 할지 모르겠지만…" 진국은 심장이 터져 밖으로 나올 것단 같았다.

"괜찮아요?" 진국이 먼저 물었다. 숨이 차올랐다. 목이 막혔다.

"지금, 제 아내랑 딸은 괜찮냐구요?" 의사는 입술을 굳게 다물었다. 그 짧은 침묵이, 진국의 가슴을 쪼개듯 갈라놓았다.

"어떻게… 말씀을… 드려야 할지… 저기… 이소영 씨와 따님이 응급실로 오는 도중에… 사망하셨습니다." 그 말이 떨어지자, 진국의 눈앞이 흔들렸다. 마치 몸이 공중으로 떠오른 듯한 감각이 느껴졌고, 이내 곧 땅속으로 무겁게 가라앉았다.

"…뭐라고요?"

진국의 목소리는 터져 나오지 못하고, 그만 목구멍에서 막혔다.

"아닙니다." 진국은 천천히 고개를 저었다.

"그럴 리 없습니다." 의사의 입이 다시 열리는 걸 보고 진국은 한 발짝 물러섰다.

"거짓말하지 마세요." 숨을 들이마셨지만, 숨을 쉴 수 없는 단단한 무언가가 느껴졌다.

"소영이가…

별이가..."

입술이 떨렸다. 그는 멍하니 바닥을 바라봤다. 그러다 고개를 들어, 의사의 눈을 똑바로 바라보았다.

"제대로 확인한 건가요?.

응급실에서... 다시 어떻게... 안될까요?

당신들 의사잖아."

손이 덜덜 떨렸다.

"죄송합니다."

그제야, 진국의 세상이 완전히 무너졌다.

"사망."

그 짧은 단어가 귀를 타고 심장에 머물러 있었다.

"어떻게..."

진국은 그대로 무릎을 꿇었다. 손끝이 바닥을 짚었다. 차가운 시멘트 바닥이 닿았지만, 온몸이 마비된 것처럼 아무 감각도 느껴지지 않았다. 그의 세상이 온전히 무너졌다.

"어떻게? 왜?" 조금 전까지도 별이는 엄마를 보고 방긋 웃고 있었을 테고, 소영은 별이에게 따뜻한 말을 건네고 있었을 텐데. 그 모든 장면이 한순간에 사라졌다. 없다. 이제 다시는 볼 수 없다. 그 사실이 가슴에 박혀 들자, 속이 뒤집히는 듯한 끔찍한 고통이 밀려왔다. 진국은 본능적으로 걸음을 옮겼다. 발이 무거웠다. 한 걸음 한 걸음이 늪을 걷는 것처럼 느리게 가라앉았다. 복도 끝, 차가운 침대 위에 덮여 있는 하얀 천.

그 아래 소영이 있었다. 손이 떨렸다. 천을 잡으려 했지만, 손끝이 움직이지 않았다. 그것을 잡기만 하면, 내려다보기만 하면 그 사실을 인정해야만 했다. 진국은 천을 내려 그들을 바라봤다. 소영은 별이를 안고 있었다. 꼭 끌어안고 있었다.

작은 몸.

너무 작은 몸.

별이는,

그렇게 엄마 품에 안겨 있었다. 별이의 작은 손이 소영의 가슴 위에 올려져 있었다. 손가락에는 핏방울이 맺혀 있었다. 그 손가락은 더 이상 움직이지 않았다. 작고 말랑했던 손이 이제는 차가운 손이 되어버렸다. 별이의 머리카락 끝에는 유리 조각들이 박혀 있었고, 찢어진 포대기가 빨갛게 물들어 있었다. 진국은 별이를 꼭 끌어안은 소영의 얼굴을 바라보았다. 온몸이 떨리기 시작했다. 소영의 온 얼굴이 상처투성이였다. 피부 곳곳이 찢어져 피가 굳어 있었고, 살짝 벌어진 입술 사이로 깨져버린 이와 선명한 핏물이 보였다.

"와, 이거 봐! 우리 별이~"

소영은 별이를 안고 작은 손을 쓰다듬었다. 한 달 된 별이의 손가락은 아주 작고 말랑거렸다. 마치 막 피어난 복숭아 꽃잎처럼 말랑했다. 진국이 손가락을 내밀면, 별이는 작은 주먹을 꼭 쥐곤 했다.

"우와~, 힘 진짜 세다!"
그러면 소영은 웃으며 말했다.
"아빠가 좋아서 그런 거야."

그런 소영의 맑은 웃음이 사라졌다. 늘 따뜻했던 입술이, 이제는 차갑게 굳어 있었다. 너무도 고통스러운 표정을 짓고 있었다. 진국의 손이 소영의 눈썹에서 눈두덩을 지나 볼을 따라 천천히 내려왔다. 마치 소영의 고통을 하나하나 어루만지는 듯, 아주 천천히 움직였다. 그녀의 입가에 멈춘 손이 격렬히 떨렸다. 진국은 입을 열려 했지만, 아무 말도 나오지 않았다. 목이 메어, 혀끝이 붙은 듯 굳어버렸다. 그저 입술을 움직였다. 숨을 삼키고, 그제야 아주 낮은 소리로 말했다.

"소영아…"

그가 내는 목소리 중 가장 낮고 부드러운 소리였다. 그러나 소영은 꿈쩍도 하지 않았다.

"소영아, 나 왔어. 일어나 봐."

소영은 아무 말도 하지 않았다. 진국의 시선이 천천히 내려갔다. 발끝이 보였다. 양말은 벗겨진 채, 여기저기 쓸린 상처로 가득했고 발톱은 온통 검은 멍으로 물들어 있었다. 진국의 어깨가 들썩거렸다. 손끝이 천을 움켜쥐었다. 진국은 이내 무너졌다. 몸 안의 모든 것이 끓어올랐다. 억눌러야 할 이유조차 없었다. 입을 열자, 울음이 터져 나왔다.

"엉. 엉. 소영아, 엉. 엉. 엉. 엉. 엉. 엉. 엉. 엉."

"일어나 봐. 어? 나 여기 있잖아. 너 왜 그러고 누워만 있어? 어? 소영아, 소영아, 소영아… 제발…"

무너지는 울음이 콕도에 가득 찼다. 숨을 쉬어야 하는데 숨을 쉴 수가 없었다. 목이 터질 듯한 소리로 진국은 소영의 이름을 불렀다. 소영이 숨을 쉬지 않는다는 사실을 진국은 믿을 수 없었다. 별이가 더 이상 꿈틀대지 않는다는 사실을 진국은 받아들일 수 없었다. 차가워진 소영과 별이를 두 팔로 끌어안고 진국은 몸부림쳤다. 하지만 아무리 울어도 잠든 그들을 깨우지 못했다. 진국이 살아가는 이유, 희망과 의지를 가지고 살아가던 하루하루가 이젠 아무 의미가 없는 것처럼 느껴졌다. 끔찍한 고통을 느꼈을 그들을 보는 순간, 진국이 매일 살아오며 조금씩 이뤄온 희망의 몸뚱이가 뭉개지고 처참히 짓밟혔다. 진국의 울음소리 사이로, 주머니 속 전화벨이 연신 울려댔다. 그 틈을 비집고 울려대는 문자 알림 소리.

.

.

.

〈기사님, 택배 언제 오나요?〉

〈전화 좀 제발 받아주세요!!!?〉

〈배송 예정 시간 지났는데 확인 좀 해주세요.〉

〈지금 집에 있는데 왜 아직 안 오나요?〉

소리조차 나오지 않는,
깊고도 긴 울음이 진국의 가슴 깊은 곳에서 차올랐다.

− QR을 스캔하면 음악이 나옵니다 −

08

B.S.T(Book Sound Track). 고백

사랑하고 사랑받고 사랑주며
살 수 있을까? 내가...
아픔주고 상처받고 쓰러지는
우리 인생이
눈물이 나요
이젠 버리리

작사/곡 : 필통밴드

#6
인연의 별

인연의 별

책의 첫 장이 넘어가는 순간,
나는 눈을 가늘게 떴다.
둥——
무언가가 깨어나는 소리.
무언가가 나를 부르는 소리.
눈을 감고 있어도, 빛이 밀려들었다.
귀를 막아도, 소리의 울림은 잔잔히 파고들었다.
낮고 깊은 진동이 심장을 두드렸다. 주위를 둘러보았다. 방금 전까지 옆에 있던 여고는 어느새 보이지 않았다. 언제였을까. 어디로 간 걸까. 여고는 더 이상 내 곁에 없었다. 잠시, 아무 생각도 들지 않았다. 나는 천천히 고개를 들었다.

고요한 서가. 하지만 그것은 단순한 서가의 모습은 아니었다. 벽을 타고 흐르는 보라색의 빛줄기와 책등 사이를 떠다니는 빛 구슬.

그것은...

이야기였다. 나의 기억들이었다. 기억을 가진 구슬들이 뭉쳐지며 책의 형태로 정리되고, 분류되어 갑자기 바람처럼 흐려지며 휘몰아치기도 했다. 책장의 그림자가 아주 미세하게 흐트러지고 있었다. 공간은 서가의 분위기를 띠고 있었지만, 나는 완전히 새로운 공간처럼 느껴졌다.

서가의 중앙은 어느새 둥글게 파여 있었다. 소파는 그 자리에 있었고, 누군가가 그곳에 앉아 있었다. 그는 한 손에 책을 들었고 마치 커피가 식는 시간을 기다리는 사람처럼 느긋한 모양새였다. 긴 손가락이 책장을 넘길 때마다 종이에서 푸른 파동이 잔잔히 흘러나왔다. 그가 책을 덮자, 페이지 사이에서 하얗게 맺힌 기억의 구슬이 스르륵 흘러내렸다. 그는 고개를 들며 말했다.

"317번째 인생은... 아주 조용한 시인이었네요. 당신이 남긴 시는 살아 있을 때보다 죽은 뒤에 더 많이 읽혔어요."

그의 눈빛이 내 쪽으로 천천히 옮겨왔다. 그의 눈은 깊은 초록색 빛을 띠고 있었다. 눈을 깜빡이니 옅은 노란색으로 바뀌었다. 속눈썹은 굉장히 길게 뻗어 있었고, 눈동자의 동공은 커졌다가 작아지기를 반복하며 신비로운 느낌을 주었다. 그의 목에는 아주 오래된 열쇠가 걸려 있었다. 그 열쇠는 금속이 아니라, 빛으로 조각된 것처럼 보였다. 그는 빛을 오래 쬔 고서처럼 빛바랜 회색 재킷을 입고 있었는데 단추가 전부 다른 모양이었다. 소매는 약간 짧아 보였지만 그마저도 자연스럽게 흘렀다. 재킷 안감에는 작은 구슬 문양이 수놓아져 있었고, 그 구슬들 안으로 누군가의 글씨처럼 보이는 문장들이 새겨져 있었다. 나를 아주 잘 알고 있는 것처럼 그의 표정은 진지함과는 거리가 멀어 보였다. 그가 눈썹을 살짝 치켜올렸다. 그리고 입가에 희미한 미소를 머금고, 나를 향해 턱짓을 했다.

"왜 그래요? 유령이라도 본 것처럼."

나는 황당한 얼굴로 바라보다가, 마침내 입을 열었다.

"누구... 누구시죠?"

그러자 그는 어깨를 으쓱이며 아무렇지도 않게 대답했다.

"나는 카디스라고 해요. 모든 영혼이 지나간 자리에서 그 흔적들을 기억하고, 기록하는 존재죠. 그냥 좀... 더 오래된 영혼이라 생각하면 돼요. 근데 뭐 별거 없어요. 훗!"

그는 자리에서 몸을 살짝 일으키더니 한쪽 팔을 머리 뒤로 올리며 기지개를 켰다. 작은 몸짓 하나에도 묘하게 주변이 흔들리는 느낌이 들었다.

"근데, 이거 꽤 재미있네요. 의미가 없다? 자신의 전생을 잘 기억도 못 하면서 말이죠. 하! 하! 그래도 좀 색다른 접근이긴

했어요. 다들 전생을 통해 대부분은... 뭔가를 얻었다고 착각을 하거든요."

그는 비끄듯이 말하더니 손을 내리며 피식 웃고는 들고 있던 책을 툭 던졌다. 책은 바닥으로 떨어지는 듯했지만, 공중에서 스르륵 멈추더니 천천히 떠올랐다. 그리고 이내, 스르륵 — 책장 속으로 돌아갔다. 나는 책을 따라 시선을 움직이다 다시 그를 바라보았다. 그는 팔짱을 낀 채로 서가의 책장 쪽으로 발걸음을 옮겼다. 표정에는 여전히 심각함이라곤 없었다.

"자, 그럼, 이제 내가 하나 물어볼까요?"

그는 손가락으로 가볍게 공중을 가리켰다. 그 작은 동작에 따라 떠다니는 빛 구슬에서 은은한 빛이 흘러나왔다.

"무슨 말을 쓰고 싶죠?"

그리고 그는 덧붙였다.

"여긴 당신이 만들어 낸 공간이에요.

당신의 기억이 지금 가장 익숙하게 기록할 수 있는 형태로 구현됐죠. 그래서 책의 모습을 하고 있어요. 하지만 이건 단지 책이 아니에요. 당신이 살아온 모든 이야기가 여기... 이곳에 스며 있죠."

나는 주변을 둘러보았다.

너무 조용했다.

너무 고요했고,

그 속에서 나는 너무 작았다.

그리고 조용히 말했다.

"저의... 이번 생은... 기억할 만한 이야기가 없어요."

그 순간,

공기 중을 떠다니던 작은 구슬 하나가 천천히 빛을 잃으며 바닥 가까이 내려앉았다.

"텅 빈 기억의 구슬이에요."

카디스는 그 구슬을 한 손에 조심스럽게 받치며 잠시 눈을 감았다. 그리고 카디스는 흥미롭다는 듯 눈썹을 살짝 올리며 말했다.

"음... 그래서 이곳 시스템이 멈춘 건가? 기억이 없는데도... 당신과 함께 이 공간이 형성되었다? 전례가 없는 일이긴 한데... 흠, 정말 흥미롭네요." 책등 사이로 떠돌던 기억의 구슬들이 천천히 움직임을 멈췄다.

"모든 삶은 기억으로 남아요. 그리고 그 기억은 곧 당신의 가치를 결정하죠." 그 순간 서가 전체가 미세하게 떨렸다. 카디스는 조용히 고개를 숙였다. 잠시 후 그가 다시 고개를 들자 그의 눈동자가 하얗게 변해 있었다. 그리고 누군가의 말을 대신 전하듯 말하기 시작했다.

"우리가 가진 모든 기억 중, 당신의 이번 생은 존재하지 않았던 이들과 다르지 않습니다."

그 말이 끝나자, 서가 한쪽에서 작은 바람이 지나간 듯 오래된 종이 한 장이 벽을 스치며 떨어졌다.
나는 침묵했다.
그리고 천천히 고개를 들었다.
"기억이 없는 삶은... 아예 가치가 없는 건가요?"
대답은 없었다. 다만 공기 속에 떠 있던 구슬 하나가 바닥으로 떨어졌다. 그리고 나는 말을 이었다.

"그런데 왜... 저는 여기 있죠?"

카디스의 눈빛이 다시 원래대로 돌아왔다. 그가 기억의 구슬을 가만히 들여다보며 말했다.
"당신은 기억할 만한 이야기가 없다고 했죠?" 카디스는 잠시 침묵하다 다시 말을 이어갔다.
"영혼들은 생을 마치고 인연의 별 속에 존재하는 자신만의 서가로 돌아와 지난 생을 기억하며 글을 남겨요. 하지만 기록된 줄 알았던 그 글은 사실 기록되지 않아요. 오직 이곳에서

만 모든 영혼의 삶을 판단하고, 분류하고, 기록하죠. 이곳은 가치가 있다고 판단된 이야기만을 기록해요. 이야기의 가치는 이곳에서 정해요. 당신의 기억은 사실... 중요하지 않아요."

그가 손끝으로 떠 있는 책 한 권을 가볍게 튕기며 말했다.

"그럼 가치가 없다고 분류된 기억 하나를 먼저 열어볼까요? 당신은 이걸 어떻게 느낄지 정말 궁금하네요. 먼저 당신에게 보여줄 게 있어요."

카디스는 텅 빈 기억 구슬을 조심스레 들어 올리더니 서가 저편에 희미한 안개 속을 가리켰다.

"이쪽으로 와볼래요?"

나는 말없이 카디스를 따라갔다. 서가의 끝자락 모퉁이에 있는 책장이 점점 흐릿해지더니 어느 순간 그 공간이 뒤틀렸다. 형태가 모호한 빛의 실들이 허공에 떠 있었고, 그 실들 사이로 희미하게 빛나는 뭔가가 그곳을 떠다니고 있었다. 그것들은 책도, 구슬도 아니었다. 그저 떠다니는 커다란 빛이었다.

"이건 '차오라'라고 부르죠. 이 세계에서 생의 기억을 읽고, 분류하고, 평가하는 의식의 파편들이에요."

떠다니던 차오라가 나를 향해 천천히 다가왔다. 그것은 내 주위를 감싸듯 계속 돌고 돌았다. 등 뒤로 카디스의 목소리가 다시 들려왔다.

"기억을 판독하는 수많은 빛과 파편들은 그걸 읽고, 분류하고 판단하는 존재들이에요. 나는... 그들을 대신하고 있을 뿐이죠."

또 다른 빛 형상 하나도 조용히 내 쪽으로 다가왔다. 그것의 몸에서 실처럼 가느다란 빛이 흘러나오더니 내 몸 주변을 천천히 감쌌다. 그리고 내게 말을 걸듯 차가운 목소리가 내 귓가에 울렸다.

"당신은 존재하지 않았던 것과 같아요."

나는 눈을 감았다 떴다. 공간은 여전히 흐릿했고, 나는 다시 카디스를 바라보았다.

"이제 한번 열어볼까요? 당신의 전생을요."

카디스는 서가의 한 지점, 회색의 안개가 흘러가는 공간을 향해 손을 들었다. 빛도 어둠도 완전히 스며들지 못하는 공간. 경계처럼 보이는 그곳은 적막했다. 그곳엔 책장조차 없었다. 책들도 보이지 않았다. 대신에 공중에는 빛을 잃은 흐릿한 구슬들만이 떠 있었다.

"여긴 책이 없어요. 기억으로 인식되었지만, 이곳은 '가치 없음'이라 분류한 조각들만... 있을 뿐이에요."

카디스는 조용히 구슬 하나를 손바닥 위에 올렸다. 그건 아주 작고 연약한 유리알 같았다. 불안하게 흔들리는 빛의 실금이 안에서 어지럽게 얽혀 있었다. 그것은 금방이라도 사라질 듯 미세하게 떨리고 있었다.

"이건... 591번째 인생."

그의 말이 끝나자 구슬 안쪽에서 빛이 어렴풋이 번졌다. 그러더니 마치 유리창 너머에서 바라보는 듯이 한 장면이 조용히 떠올랐다. 하지만 화면은 희미했다. 마치 안개가 낀 듯했고, 형체는 자주 흔들렸다. 어떤 때는 장면이 끊기듯 멈췄고, 또 어떤 순간은 먼지 낀 사진처럼 뿌옇게 흐려졌다. 소리조차 들리지 않았다. 나는 온 마음을 다해 그곳을 들여다보았다.

소피.

그때 나는 그렇게 불렀다.

작은 나라 노르웨이의 외곽 호센이란 마을이었다. 한낮에도 짙은 안개가 자욱이 깔렸고, 겨울이면 살을 에는 바람이 온몸을 스쳐 지나갔다. 사람들은 오가는 길에 몸을 움츠렸다. 좁은 골목길마다 낡은 가로등이 바람에 흔들렸다. 나는 아버지의 뒤를 이어 그곳에서 책을 팔았다. 서점은 오래된 골목 끝, 벽돌이 바스러진 건물 1층에 있었다. 빛도 잘 들지 않았다. 창문은 항상 조금씩 습기로 흐려져 있었고, 나무 선반에는 먼지가 얇게 내려앉아 있었다. 종이 냄새와 눅눅한 공기가 좁은 공간을 가득 채우고 있었다. 아침이면 낡은 나무 창문을 열고 나서, 안개 속에서 깨어나는 거리를 나도 모르게 한참을 바라보곤 했다. 그런 순간이... 가끔은 있었다. 거리를 지나는 사람들의 발자국 소리. 바닷바람이 불어올 때면 코끝이 싸하게 시렸다. 서점 문을 열고 하루를 보내다가 해가 지면 문을 닫고 집으로 돌아갔다. 어떤 날은 손님이 단 한 명도 오지 않았다. 어떤 날은 길고양이만 문 앞에서 졸고 있었다. 또 다른 날은, 누군가가 낡은 연애소설을 집어 들고 한참을 고민하다 그냥 돌아갔다.

그리고…

나는 그렇게 살아갔다.

조용히, 묵묵히.

어떤 사건도 없었다. 어떤 특별한 순간도 없었다.

나는 그곳에서 늙어갔다. 결혼도 하지 않았다. 누군가를 깊이 사랑했던 적도 있었지만, 결국 서로에게 아무런 의미도 남기지 못한 채 헤어졌다. 시간은 흘렀지만, 거리는 변하지 않았다. 내 얼굴의 주름은 늘어갔다. 그리고 결국 나는 병이 들어 서서히 죽어갔다. 내가 마지막으로 본 풍경은 서점의 작은 창문에 걸린 거미줄뿐이었다. 마지막으로 들은 소리는… 어쩌면 천장 너머로 바퀴벌레가 기어가는 소리였을지도 모른다. 죽을 때 누군가 곁에 있었는지조차 기억나지 않는다. 내 이름을 부르는 사람도 없었다. 내가 머물렀던 공간도 얼마 지나지 않아 사라졌다. 소피라는 이름이 이 마을에 있었다는 흔적조차 남지 않았다. 나는 그곳에 살았지만, 나는 그곳에 없었다.

"...이게 전부인가요?"

나는 한참을 바라보다 조용히 입을 열었다.

"삶이... 정말 조용했네요. 그래도 이상하게... 뭔가가 남아요."

카디스가 나를 향해 고개를 기울였다. 그의 초록 눈동자가 부드럽게 빛을 머금었다.

"뭐가요? 고독? 허무? 아니면... 말로 표현하기 어려운 무게 같은 게 느껴졌나요?"

나는 잠시 시선을 내렸다가 다시 입을 열었다.

"아뇨. 그곳의 분위기, 서점 안에 맴돌던 먼지와 냄새, 창밖의 흐릿한 빛... 소소했던 것들이 아직도 마음 한편에 남아 있는 것 같아요. 딱히 기억할 만한 사건은 없었지만... 그렇다고 그게 없는 건 아니잖아요."

카디스는 허공에 손을 뻗어 책장 사이를 가볍게 쓸었다.

"그런데도 이 삶은 '가치 없음'으로 분류됐어요."

카디스는 말끝을 흐리며 다시 천천히 말을 이었다.

"기억은 남았지만... '가치 있음'으로 남기기엔 기준에 미치지 못한 거예요."

"...기준이요?"

나는 천천히 고개를 들었다.

"지금 기준이라고 그랬나요? 그 기준은 어떻게 정해진 거죠?"

카디스는 잠시 웃었다. 짧고, 의미를 감춘 미소였다.
"좋은 질문이에요. 이곳은 오랫동안 이렇게 판단해 왔죠. 기억될 만한 기억, 누군가의 삶에 다시 스며들 수 있는 기억, 스스로 깨달음을 얻은 기억, 시간을 넘어 이야기로 이어질 수 있는 기억. 모두... 이곳이 정한 절댓값이죠." 그리고 그는 천천히 말을 맺었다.

"이 공간은... 그런 것들에 의미라는 이름을 붙여왔어요."

카디스는 조용히 나를 바라보았다.
"당신이 방금 느낀 것, 그건 분명 존재했던 삶이에요. 하지만 이곳은 '가치 없음'이라 분류했죠. 의미 있는 이야기로 인정받지 못했어요. 그럼 이번에는... '잊힌 서가'에 있는 삶을 하나 꺼내 보죠."
카디스가 서가 안쪽에 빛이 들지 않는 그늘진 구역으로 향했다. 그곳엔 책이라고 부르기 어려운, 제목도 없는 오래된 종이 다발이 먼지를 뒤집어쓴 채 쌓여 있었다. 종이 다발은 천천히 펼쳐졌지만, 그 안엔 무언가가 사라진 자국만이 남아 있었다. 아니, 처음부터 아무것도 쓰이지 않았던 걸까. 잉크가 스며들다 만 글자들이 얼룩처럼 남아 있었고, 어떤 장면은 시작되기도 전에 사라졌다. 뭔가가 있었던 흔적처럼 스쳐 지나가는 조각들이 어둠 속에서 일렁였다. 나는 그 장면을 붙잡으려 애썼다. 하지만 볼수록, 붙잡을수록, 그것은 더 빠르게 흩어졌다. 그 이름조차 확신할 수 없었다.

"358번째 이반..."

카디스가 작게 읊조렸을 때, 구석에 놓인 종이 다발 끝에서 먼지가 흩어졌다. 책이 아니라, 마치 어디에도 편입되지 못한 종이 조각들이었다. 그제야 사라져 가는 형상이 얼핏 떠올랐다. 바람에 휘날리는 천 조각, 산속 어딘가의 희미한 나무 그늘, 그리고 가느다란 손가락이 무언가를 움켜쥐려다 미끄러지는 모습이 보였다. 소리도, 움직임도 없었고, 장면은 곧 흐릿한 빛점 하나로 흩어졌다가 이내 다시 새로운 장면들이 희미하게 떠올랐다. 나는 오랫동안 아무 말도 하지 못한 채, 그곳을 바라보았다.

그때 나는 이반이라는 이름으로 불렸다.

에르반드 공국의 작은 산촌, 피오레라는 마을이었다. 이름만 보면 로맨틱하지만, 실상은 늘 잿빛으로 번지는 풍경이 반복되는 곳이었다. 마을은 무척 작았고, 사람들의 하루는 언제나 같았다. 나는 그 마을의 유일한 화가였다. 그림을 배운 적은 없었다. 그저 어릴 적, 들판의 초록 풀을 으깨 헝겊 위에 문질렀던 순간이 처음 시작이었다. 내 그림에는 색이 많지 않았다. 흙빛, 나무색, 탁한 회청색이 전부였다. 내가 본 세계는 언제나 덜 마른 듯한 풍경처럼 보였다. 마을 사람들은 나를 조용히 지나쳤고, 누구도 내 그림을 이해하려 하지 않았다. 나는 작은 오두막에서 살았다. 몇 번쯤은 다른 곳으로 떠나고 싶다는 생각을 했지만, 결국 이곳 피오레를 벗어나지 못했다. 평생을 같은 집에서 잔잔한 삶을 살았다. 어릴 때부터 알고 지낸 여자와 결혼해 아이도 몇 명 낳았다. 내가 죽었을 때, 집 안의 그림들은 그대로 남겨졌을 것이다. 나는 한 번도 극단적인 불행을 겪지도 않았다.

"그냥 살다가,

그냥 늙어가다가,

그냥 그렇게 죽었다."

나는 누구의 벽에도 걸리지 못한 화가였다. 그림도, 이름도 기억되지 않았다. 나의 삶에서 특별한 사건은 단 하나도 없었다. 나는 어떤 꿈도 이루지 못했다. 그리고 어떤 도전도 좋아하지 않았다. 그렇다고 비극적인 삶을 산 것도 아니었다. 그저 태어나서, 살다가, 죽었다. 나는 특별한 인물도 아니었다. 누구의 기억에도 남지 않았다. 그저 배경처럼 지나간 사람이었다. 기억도, 사건도 흐릿했지만, 그것은 분명... 삶이었다.

카디스는 손가락으로 종이를 툭툭 두드렸다.

"무언가를 바꾸려고 하지도 않았고, 자신이 어떤 삶을 사는지도 별로 신경 쓰지 않았어요." 나는 입술을 깨물었다. 그리고 다시 카디스를 바라보았다. 공중에 떠 있던 영상이 사그라들고, 흩날리던 종이 조각도 천천히 사라졌다. 그 안에서 무언가 꺼내질 법도 했지만, 아무것도 없었다. 단지 한 줄기 바람만이 지나간 듯 조용했다. 카디스는 공중에 떠 있는 나뭇가지에 걸터앉으며 나를 바라보았다.

"어땠나요? 이번 삶은…"

나는 대답하지 못했다.

그리고 잠시 눈을 감았다 뜨며 조용히 말했다.

"평범했어요. 너무… 평범해서, 기억할 것도 놓아야 할 것도 없었어요."

카디스가 고개를 살짝 끄덕였다.

"살다 보면 그런 삶도 있죠. 다치지 않기 위해 움직이지 않은 채 머무는 삶."

"하지만… 그 영혼도, 살아 있었어요."

나는 속삭이듯 말을 이었다.

"그림을 그리고, 사랑하고, 아이를 낳고… 아무도 기억하지 않았어도, 그는 분명 존재했어요."

카디스는 떠다니는 종이 하나를 잡고 표면을 가볍게 쓰다듬었다. 표면이 살짝 흔들리며 오래된 종이 냄새가 번졌다.

"그렇지만 이곳은… 역시 그런 삶을 '가치 없음'으로 분류했어요."

나는 조용히 숨을 들이쉬었다. 가슴 어딘가에서 미세한 균열이 번져나가는 기분이었다.

"기억할 이야기가 없었다는 건, 기억하지 못할 만큼 조용히... 살았다는 뜻이에요."

카디스는 내 말에 아무 말도 하지 않았다. 그의 시선은 깊어졌고, 눈빛은 전에 없이 진중했다. 나는 아주 낮은 목소리로 말했다.

"그런데도... 그 삶이... 어쩐지... 따뜻하고 편안했어요."

카디스의 속눈썹이 더 길게 앞으로 나왔다 다시 줄어들었다. 그리고 그가 말했다.

"맞아요. 가끔은 가장... 진실한 것일지도 모르죠."

카디스는 천천히 몸을 일으켰다. 그리고 그는 다시 서가의 중심으로 향했다. 그의 손끝이 닿은 서가에는 고유의 빛을 머금은 책들만이 정돈되어 있었다. 하나하나가 이곳에 의해 기록된 이야기로 분류된 것들이었다. 그는 거기서 아주 정제된 느낌의 책 한 권을 꺼냈다. 표지에는 금빛으로 새겨진 문양과 또렷하게 쓰여진 제목이 보였다.

[256번째 생 - 아르소]

"이 삶은... 특별히 분류되었어요. 의미가 있었다고 판단된 삶이었죠.

그래서 이렇게 책으로 기록되었어요." 나는 놀란 듯 고개를 들었다. 카디스는 책장을 넘기며 말했다. 그가 책을 펼치자, 장면은 즉시 선명하게 맺혔다. 이전의 두 전성과는 달리 빛과 구성이 명확한 완전한 이야기가 허공을 가득 채웠다.

"당신이 오랫동안 깨달음을 얻기 위해 몸부림쳤던 삶이에요."

 책의 장면이 펼쳐지고 나는 다시 그 안으로 빨려 들어가듯 사라졌다.

 성소라 불리던 그곳은 이제 벽에 새겨진 금조차 희미했다. 이따금 바람이 먼지를 일으킬 뿐, 아무 기도도 울리지 않았다. 그 가운데, 누더기 같은 천을 두른 자가 어둠에서 걸어 나왔다. 그는 자신이 누군인지조차 말하지 않았다. 사람들은 그를 아르소라 불렀다. 그가 바로, 나였다. 눈빛은 온화했고, 말투는 조용했지만, 그 안에는 흔들림 없는 신념이 단단히 박혀 있었다.

 "고요하라, 버려라, 비워라. 진리는 늘 침묵 속에서 기다리고 있다. 당신이 고요해질 때 그것은 문을 열 것이다."

 나는 그렇게 말했다. 아니, 그렇게 말해야 했다. 나는 아픈 이의 손을 잡아줬고, 길을 잃은 이를 위로했으며, 때로는 한 도시의 혼란을 멈추기도 했다. 사람들은 나를 많이 따랐다. 내 입에서 흘러나온 말들을 교훈처럼 기록했다. 나는 그들의 지도자가 되었고, 믿음의 기둥이 되었다. 하지만 밤이 오면 기도의 방에 홀로 앉은 나에게 늘 스며든 건… 불확실함이었다. 빛은 찾아오지 않았고, 신은 언제나 침묵했다. 나는 늘 그 자리를 지켰지만, 그 자리는 늘 텅 비어 있었다. 그래도 나는 물러서지 않았다.

모든 헌신과 모든 희생은,

깨달음을 얻을 것이라는 희망 아래에서만 버틸 수 있었다. 그렇게 수십 년이 흘렀다. 나는 어느새 믿음의 대명사가 되었다. 나는 신을 제대로 알지 못한 채 신을 가르쳤다. 나는 그저 깨닫지 못한 진리를 전하는 자였다. 나를 숨기기 쉬웠지만, 나에게는 숨길 수 없었다. 죽음은 조용히 찾아왔다. 숨을 거두기 전에도 난 여전히 두 손을 모은 채 침묵했다. 내 곁에는 나를 따르는 후계자들이 있었고, 나의 가르침은 그들의 입술로 전해지고 있었다. 이제는 나를 신에 가장 가까이 다가갔던 자로 불렸다.

그러나 나는…

그 누구보다 먼 거리에서 신을 바라보다 끝내 닿지 못하고 죽었다.

영상이 사그라들었다. 카디스는 책을 덮으며, 조용히 말했다.

"이 삶은… '가치 있음'으로 분류되었어요. 많은 이들에게 영향을 주었고, 기록에 남았으며, 죽은 뒤에도 이야기로 순환됐어요." 나는 입술을 살짝 깨물었다. 그리고 낮게 말했다.

"하지만 저는… 끝내 진리를 깨닫지 못했어요."

카디스가 고개를 끄덕였다.

"그렇죠. 끝까지 확신을 얻지 못했어요. 하지만 당신은… 확신이 없다는 걸 아무에게도 말하지 않았어요. 그게 이 삶의 무게였죠."

나는 눈을 감았다. 마음 깊은 곳이 조용히 일렁였다. 진리는 새의 날갯짓처럼 우연히 스쳐가는 것일 수도 있다. 하지만 영혼은 그것을 쥐기 위해 너무 많은 것을 감내하고, 버렸을지 모른다. 그 모습은 마치 오래된 폐허 위에 홀로 선 듯한 감정으로 다가왔다. 그 모든 방황이 허무하게 느껴졌다. 속이 서늘해지는 기분이었다. 입 안에 쓴물이 고이는 듯했다. 어디선가 오래도록 삭혀온 쓴맛이 마음속에도 번져갔다.

무척 씁쓸했다.

— QR을 스캔하면 음악이 나옵니다 —

09

B.S.T(Book Sound Track). 그대여

그대여 어디를 향해 걸어가나요
그대여 그곳엔 너의 간절한 소망
그저 손을 얹어 버렸네
아름답다 말하는 그곳에
나를 잃어버린 채로 한참을 달렸네

멍하니 창밖을 보니
바삐 걸어가는 사람들에게서 난 공허함이
기억하는 모든 것이 흩어져 버리네
그대여

그대여 오늘은 아무 일 없었나요
그대여 힘겨운 너의 고요한 외침

그저 손을 얹어 버렸네
지독하게 같은 곳을 향해
나를 잃어버린 채로 한참을 달렸네

멍하니 하늘을 보니
바삐 날아가는 새들에게서 난 자유함이
기억하는 모든 것이 흩어져 버리네

그대여

작사/곡 : 필통밴드

#7
Last Journey

Last Journey

 카디스는 책을 조용히 덮었다. 표지가 닫히는 순간, 사그라드는 빛줄기들이 허공에서 천천히 흐려졌다. 그의 손끝에 작은 파문이 번졌다. 잠시 그는 말을 잇지 않았다. 나는 카디스를 바라보며 조용히 물었다.
 "그럼 이번 생은 뭐죠? 슬픔도, 기쁨도, 무료함도 없이… 아무것도 없었어요. 삶이라 부를 수 있는 이야기조차 없었어요."
 카디스가 다시 나를 향해 고개를 돌렸다. 그의 푸른 눈동자 속에서 흔들리던 동공이 멈췄다. 아까와는 달리 그는 아무 말도 하지 않았다. 나는 아주 천천히, 그러나 조금은 단단한 목소리로 말을 이었다.

"이전 생들은 그렇게 분류됐죠. 의미 없음 가치 있음... 또 어떤 건 너무 조용해서, 어떤 건 신에게 닿지 못해서. 그런데 이번 생은요?" 나는 숨을 들이마셨다. 그리고 나지막이 말했다.

"애초부터 우리가 찾을 의미란 게... 있긴 있었나요?"

카디스는 짧게 휘파람을 불었다. 그의 눈썹이 살짝 올라가더니, 피식 입꼬리를 끌어올렸다.
"오, 그런가요?"
그는 한 손으로 턱을 괴고, 다리를 느슨하게 흔들었다. 표정은 다시 가벼워졌다. 하지만 그 초록빛 눈동자는 마치 깊은 호수처럼 빛나 보였다.
"그렇죠."
짧은 대답과 함께 나는 한숨을 내쉬었다.
"진리가 불완전할 수 있나요?" 내 목소리는 천천히 공간을 울렸다.
"진리란 게... 입맛대로 끼워 맞춰질 수 있는 건가요? 저곳은 진리로 가득 차 있는데 이곳은 진리가 비집고 들어갈 수조차 없다면 그게 진리라고 할 수 있나요? 이것도 저것도 아닌 희미하고, 뿌연 색깔도 분명 존재하는데 말이죠. 하지만 누구도 말이 없네요. 결국, 우리가 믿어왔던 것들은... 그저 불완전한 영혼이 스스로 만들어 낸 불완전한 이야기 아닌가요?"

나는 카디스를 향해 손을 뻗었다. 그가 떠다니는 빛 구슬을 가볍게 툭 건드렸다. 나는 짧게 숨을 들이마셨다. 그리고 아주 천천히 또렷한 목소리로 말했다.

"애초에 의미라는 게…
정말로 존재한 건가요?"

그 순간,
공간이 조용히 뒤틀렸다.

빛으로 떠 있던 구슬 하나가 조용히 깨졌다. 책장을 따라 흐르던 무채색의 실선들이 마치 지워지는 것처럼 하얗게 번지더니 이내 비어 있는 구조물로 들어갔다. 서가가 숨을 쉬는 듯 크게 들썩였고, 가지 위에 놓여 있던 책 속에서 하나의 페이지가 말없이 찢어졌다. 카디스는 여전히 나를 바라보았지만, 이번엔 그 눈동자 깊은 곳에서 작은 물결이 일렁였다. 나는 조용히 말을 이었다.

"처음부터 의미란 건 존재하지 않았어요. 그렇죠?"

카디스는 긴 침묵 끝에 다시 나를 바라보았다. 그의 표정에서 익숙했던 장난기나 여유는 사라지고 없었다.

"역시 그랬군요."

그는 조용히 입을 열었다.

"이곳은… 지금 당신의 이번 생을 어떻게 해석해야 할지 모르는 겁니다."

그는 말을 멈춘 채 가만히 주변을 둘러보았다. 흩날리던 책과 구슬의 움직임이 멈춰 있었다. 공간은 고요함 속에 잔잔한 진동만이 남아 있었다. 책도, 구슬도, 서가도 왠지 본연의 힘을 잃은 것처럼 느껴졌다. 모두가 무엇인가를 기다리는 침묵처럼 느껴졌다.

그건…

말할 수 없는 고요의 모습이었다.

"그래서 당신 말은…

찾을 의미 같은 건 애초에 존재하지 않았다. 그거죠?"

나는 단호하게 고개를 끄덕였다.

"맞아요."

그는 갑자기 몸을 일으켜 성큼성큼 나에게 다가왔다. 그리고 눈을 가늘게 뜨며 아주 가까운 거리에서 나를 바라봤다. 나는 본능적으로 한 발짝 물러섰다. 하지만 카디스는 여전히 미소를 띠고 있었다.

"그럼, 한 가지 물어볼게요."

그는 손을 뻗어 공중을 가리켰다. 그 작은 동작에 따라 다시 공간이 파동처럼 일렁였다.

"애초에 의미 같은 건 존재하지 않았다면…"

그는 살짝 고개를 기울였다.

"그걸 깨달은 건… 아주 의미 있는 일이 아닐까요? 당신이 그렇게 오랫동안 찾으려 했던 게 '애초에 없었다'는 걸 깨닫는 순간, 그 자체가 의미가 되는 건 아닐까요?" 나는 단단히 다문 입술을 천천히 열었다.

"그건 단지… 허상을 포기한 것뿐이에요."

"허상을 포기하는 게 허상을 믿는 것보다 더 중요한 깨달음 아닐까요?" 카디스는 내 눈을 똑바로 바라보았다. 초록빛이 서늘하게 일렁였다.

"의미가 없다는 걸 의심하면서 당신은 그걸 느끼는 순간을 중요하게 생각하고 있어요. 그럼 의미를 찾은 거 아닌가요?" 나는 숨을 삼켰다. 카디스는 계속 말을 이어갔다.

"영혼은 본래… 불완전한 존재예요. 그리고 지구란 별은 불완전한 인간이 더 불완전한 인간에게 죽임당했던 긴 역사를 갖고 있죠. 더욱 기분 나쁜 건, 그 불완전함을 스스로 벗어날 수도 없고, 피할 수도 없다는 거죠. 당신의 이번 생처럼 말이에요. 누군가는 칼을 들었고, 누군가는 그 칼날 끝에서 쓰러졌어요. 누군가는 빼앗았고, 누군가는 텅 빈 손으로 남겨졌죠. 또 누군가는 등을 돌렸고, 누군가는 그 등을 바라보며 오랫동안 기다렸어요. 누군가의 실수로 지워져 버린 생이라고 말하지만 그건 실수가 아니라 그의 선택일뿐이에요. 사실… 지구에 인간이 머물 날도 그리 길지 않아 보여요. 신의 심판이 아닌, 자연의 심판이 그들을 기다리고 있을 테니까요. 그것은 어쩌면, 너무도 당연한 일이에요. 그들의 불완전한 선택이 불완전한 세상을 비추고 있죠. 그 안에서 인간은 서로를 비껴가며, 때로는 얽히며, 치열하게 공존하고 있어요. 그 속에 과연...

질서란 지 있을까요?"

공중에 멈춰 있던 빛 구슬들이 작은 파동을 일으키며 흔들거렸다.

"하지만 수없이 같은 시도와 선택 끝에 찾아온 기막힌 우연, 그것을 인간은 기적이라고 말하기도 하고, 때론 그저 받아들여야 할 운명이라고도 말해요. 지구에서의 삶은 이렇게 불완전하고, 아이러니로 가득 차 있죠"

그는 잠시 숨을 고르더니 낮게 말을 이었다.

"배가성 알죠?

그곳의 영혼들은 모두 지구 나이로 425년을 살지만, 그곳에는 시간이 흐른다는 감각이 없어요. 시간이 아닌 기억으로 삶을 쌓아가죠. 그러니 조급함도 후회도 없어요. 고통이 없는 건, 곧 두려움도 없다는 뜻이죠. 누구도 죽음 이후를 불안해하며 신을 찾지 않아요. 죽음은 끝이 아니라 정해진 마침표처럼 다가와요. 모두가 자신의 마지막을 알고 그 순간이 오면 조용히 빛으로 흩어질 뿐이죠. 아무도 붙잡지 않고, 아무도 슬퍼하지 않아요. 또 우연을 갈망하지 않죠. 기적을 찾을 필요도, 운명을 원망할 이유도 없어요.

　그런데도... 영혼들은 배가성 대신 지구를 선택하죠.

　불완전함이 공존하는 지구에 훨씬 더 가고 싶어 해요." 나는 눈을 들었다.

　"왜일까요?" 카디스는 잠시 침묵했다. 초록 눈동자가 다시 은은하게 흔들렸다.

　"...글쎄요."

　카디스는 조용히 시선을 내리깔았다가, 희미하게 웃으며 어깨를 살짝 으쓱였다. 그리고 손끝으로 책 모서리를 천천히 문지르다가 멈췄다. 마치 더 할 말이 없다는 듯이. 하지만 미묘하게 굳어진 손끝과 살짝 느려진 호흡이 그의 말과는 다른 의미를 담고 있는 것처럼 보였다.

　"훗! 별거 없어요."

　"뭔가 대단한 게 있을 거 같죠? 훗! 별거 없어요. 그저 영혼은 존재했을 뿐이에요. 아니, 존재하고자 하는 갈망을 선택했을 뿐이죠. 하지만 그래서 더 진짜예요. 쉼터에 있는 대부분의 영혼은 이곳 '인연의 별', 자신만의 공간에서 다시 지구로의 환생을 간절히 원하죠. 끔찍한 고통 속에서 죽임을 당했거나, 반대로 너무나 행복한 일생을 누려 더 바랄 게 없을지라도 그들은 다시 또... 삶을 선택하죠.

영혼들은 그저...

살아 있고 싶은 거예요.

생존.

이보다 더 우선하는 게 있을까요? 살기 위해 하는 모든 선택. 살아 있는 모든 존재가 가장 바라는 본질. 삶이란 원래 그런 거니까요. 물론 배가성에서도 생존은 존재해요. 그곳의 존재는 고요하지만, 마치 희미한 불꽃 같아요. 타오르지 못하고 그저 잔잔히 깜박이다 사라지는... 그런 흐릿한 존재죠. 고통도 없고, 죽음도 두렵지 않지만 지구에서의 생존과는 달라요. 지구에서의 존재는 불완전하지만 훨씬 강렬해요. 상처받고, 흔들리고, 때론 무너져도... 그 모든 불완전함을 겪어내는 과정을 통해서만, 내가 진짜 살아 있다는 감각이 더 선명해지니까요. 어떤 삶이든, 어떤 형태이든, 영혼은 결국 갈망을 선택해요.

존재하고 싶은 바람. 그것뿐이죠.

너무도 자연스러운 모습이에요. 때로는 너무나 많은 영혼이 스스로 생을 내려놓기도 해요. 하지만 그들 역시 누구보다도 간절히 살고 싶어 했어요. 삶을 끝내기로 한 선택조차도, 살고 싶다는 갈망의 또 다른 모습이었으니까요."

카디스가 나를 바라보았다. 초록빛 눈동자 속에 흔들리는 잔물결이 비쳤다. 그리고 그가 조용히 말했다.

"당신은 이제... 당신을 향한 선택을 해야 해요."
．
．
．

카디스의 손끝이 하늘을 스치자, 서가의 위층 누구도 손닿지 않는 미지의 공간에서 무언가가 내려오기 시작했다. 서가의 기류가 아주 미세하게 흔들렸다. 천장은 서서히 금이 가듯 갈라졌다. 그 균열 사이로 회색빛 안개가 흘러나왔고, 그 안개 속에서 빛을 머금은 날개 하나가 조용히 펼쳐졌다.
　아주 고요하게, 아주 천천히.
　여고였다.
　그는 하얀 날개를 활짝 펼친 채 마치 새벽의 정적을 뚫고 내려오는 별빛처럼 천천히 우리에게 내려오고 있었다. 여고의 발끝이 바닥에 닿는 순간, 서가 전체에 묘한 진동이 퍼졌다. 여고는 아무 말도 하지 않았다. 하지만 그 침묵마저도 무언가를 품고 있었다. 빛이었다. 그의 손 위로 맑고 투명한 구슬 하나가 가만히 떠 있었다. 그 구슬은 마치 호흡하듯 천천히 빛을 뿜고 있었다. 그 안에는 어떤 이름도 붙이지 못한 채 흘러간 감정들이 한 점의 빛 안에서 잔잔히 피어올랐다. 여고가 한 걸음, 또 한 걸음 다가왔다. 그의 눈빛은 말할 수 없는 것을 전하려는 듯했다. 그 눈빛에는 따뜻한 온기가 있었다. 여고는 조심스레 구슬을 카디스에게 전했다. 그리고 마침내 나에게 말했다.

"기다렸어요.
당신이 묻고,
당신이 돌아보는 걸.
우주 속에서 찰나의 순간만큼 빛나고 사라지던 당신이,
처음으로 당신 스스로를 의식하게 된 이 순간을요.
그리고 이제야...
이걸 전할 수 있게 됐어요."

그의 목소리는 낮고 부드러웠다. 하지만 그 여운은 서가 전체를 뒤흔들 만큼 깊었다. 그 순간, 다시 카디스의 눈이 하얗게 변했다. 또다시 누군가의 말을 대신 전하듯 말하기 시작했다.

"이번 생은, 어떤 기억으로도 불릴 수 없습니다.
기억되지 않았기에, 기록될 수 없고, 기록되지 않았기에, 분류조차 허락되지 않습니다.

당신의 인생은 기억되지 않았습니다."

서가 전체가 숨을 죽인 듯 고요했다. 이 공간은 삶을 기억하고, 가치를 분류하며 존재의 의미를 기억 속에 봉인할 수 있다고 믿었다. 하지만 지금 서가는 가장 초라해 보였던 한 생을 앞에 두고 아무런 말도 하지 못했다. 이 공간이 지금까지 단 한 번도 마주하지 않았던 것. 이야기가 없었고, 기억할 찰나도 없었다. 그 무엇보다… 해석할 수 있는 의미가 없었다. 그래서 이곳은 그 생을 어디에도 담을 수 없었다. 무의미함조차 하나의 기억으로 남길 수 없었던 완전한 공백이었다. 그 앞에서 서가는 단지, 멈춰 서 있을 수밖에 없었다.

그 생은,

어떤 말도 하지 않았고,

어떤 설명도 되지 않았다.

카디스의 눈빛이 다시 돌아왔다. 그리고 그는 말없이 구슬을 잠시 들여다보았다. 그의 눈빛엔 감정이 고여 있었지만, 그 누구보다 담담해 보였다.

"이곳이 판단을 멈췄어요."

그는 조용히 말했다.

"이건… 더 이상 해석할 수 없는 기억의 모습이에요. 판단도, 분류도, 기록도 멈췄어요."

그는 나를 향해 다가왔다.

손 위의 구슬을 내게 조심스럽게 내밀었다.

"이건…"
그의 목소리는 아주 조용했지만, 명확했다.
"당신의 마지막 생이에요."

나는 천천히 손을 들어 그 빛 구슬을 바라보았다. 그건 내 모든 삶의 기록이자, 내 존재의 마지막 흔적이었다. 카디스의 목소리가 다시 들려왔다. 그의 말투는 여전히 덤덤했다.

"지금까지의 모든 환생을 지나서, 이제 당신은 선택을 해야 해요.

 당신은… 또 다시 지구로 돌아갈 마음이 있나요?"

나는 손을 뻗어 빛을 감싸 쥐었다. 손끝으로 닿는 감촉은 따뜻하면서도 가벼웠다. 마치 지금까지의 모든 순간이 한 줌의 바람처럼 내 손 안에서 흔들리는 기분이었다. 그때, 여고가 내 마음을 읽은 듯 다시 조용히 말했다.

"처음 당신이 지구에 태어났던 순간이 있었어요. 눈부신 빛 속에서 숨을 몰아쉬며 세상을 처음 마주했던 그 순간. 따뜻한 품이 당신을 감쌌고, 사랑스러운 미소가 당신을 향했었지요. 모든 것이 새로웠고, 모든 것이 낯설었던 순간이었어요.

처음 이별을 경험했을 땐, 당신은 한참을 말없이 서 있었어요. 그리고는 끝내, 한없이 소리쳐 울었죠. 차가운 어둠 속에서 손을 뻗었지만 닿을 수 없음을 당신은 느꼈어요. 사랑하는 사람을 다시는 볼 수 없다는 슬픔이 가슴 깊숙이 자리 잡던 그때였죠. 그리고 처음 사랑을 알았던 하루는… 그 사람의 목소리가 바람처럼 당신 안에 스며들고, 눈빛 하나에도 가슴이 설렜던 날이었어요. 서툴고, 조심스러웠지만, 그럼에도 온 마음을 다해 사랑을 꿈꾸었던 당신이였어요. 그리고 지금, 그 모든 순간들이 조용히 사라지고 있어요. 그래도 괜찮아요.
　당신은… 이미 충분히 살아냈으니까요."
　나는 천천히 눈을 감았다. 그리고 손가락을 조금씩 조였다.

"…사라진다."

　빛이 내 손안에서 조용히 사그라졌다. 내가 살아왔던 모든 생, 내가 겪었던 모든 기억, 내가 품었던 모든 감정이 한 줄기 바람처럼 흩어져 갔다. 그리고 나는 아무 감정도 느끼지 못했다. 아니, 그것이 오히려 너무도 자연스러웠다. 나는 빛을 바라보다가 문득, 주변의 소리에 귀를 기울였다. 아무 소리도 들리지 않았다. 숨결조차 고요했다. 지금 이 순간을 나는 기억하지 않아도 될 것만 같았다. 나는 숨을 조용히 내쉬며 나지막이 말했다.

.

.

.

"…네. 전 돌아가지 않을래요."

- QR을 스캔하면 음악이 나옵니다 -

10

B.S.T(Book Sound Track). Fade into the Light

서가 속에 잠든 나의 기억들이 깨어나네
내가 남긴 모든 순간들이 빛으로 흐려져 가네
Fade into the light
Fade into the light
it's gone
아니, 난 빛이 될 거예요. 끝없는 여정 속에서
내가 남긴 모든 발자국, 모든 기억 속에서 사라져가요.

책장 위에 흩어져 있던 조각들이 깨어나네
내가 남긴 모든 기억들이 빛으로 사라져 가네.

Fade into the light
Fade into the light
it's gone
아니, 난 빛이 될 거예요. 끝없는 여정 속에서
내가 남긴 모든 발자국, 모든 기억 속에서 사라져가요.

지워진 이름,
사라진 기억,
끝없는 여정 속에서
다시 태어나길 원하나요?

아니, 난 빛이 될 거예요. 끝없는 여정 속에서
내가 남긴 모든 발자국, 기억 속에서 사라져요.
I'm not turning back for me
이순간 이렇게
Fade into the Light
It's gone

작사/곡 : 필통밴드

Outro)

Outro

"다시 태어나지 않는 거요."

적막이 감돌았다. 모두가 침묵했다. 그리고 모두의 눈이 소녀를 향해 있었다. 나를 이토록 집중하게 만들었던 말이 또 있었을까? 경직된 아이의 모습은 그 아이의 말과도 잘 어울렸다. 순간 나는 크게 당황했지만, 그런 마음의 동요를 아이들에게 들키지 않으려고 무척 애를 쓰며 어색한 미소를 지어 보였다. 소녀의 대답은 다른 친구들과 달랐다. 각자가 되고 싶은 꿈을 이야기하며 미래를 그리는 모습과는 달리, 소녀의 대답은 모두가 전혀 예상하지 못했던 말이었다. 소녀의 입에서 나온 그 말이 나를 잠시 멈추게 했다. 그 아이를 따로 불러 얘기를 나눠볼 수도 있었지만, 나는 그런 짓을 하지 않았다. 오래오래 살고 싶다고 말하는 많은 어른들의 말보다, 다시 태어나고 싶지 않다는 한 소녀의 말이 나에게는 더 큰 울림이었다.

Outro

"다시 태어나면 난..
그저 흐르는 물.
지나가다 잠시 걸리는 돌멩이 정도.."

그녀는 내게 이렇게 말했다. 오랜만에 누군가의 말이 나를 다시 멈추게 했다. 그녀의 색깔도 밝지 않았다. 창밖을 바라보며 말하는 그녀의 뒷모습을 보며, 나는 하고 싶은 말을 삼켰다. 문득, 모든 사람의 마음을 들여다보고 싶어졌다.
　궁금했다. 그렇지만 난 또…

　어떤 위로도 건네지 않았다.

Outro

언제부터인지 죽음이 두렵지 않게 느껴졌다.
누군가 그랬다. 죽음은 우주에서 너무도 자연스러운 것이고, 오히려 살아 있는 것이 더 이상한 일이라고. 태어남은 늘 축복이고, 죽음은 불행한 것일까? 아이들은 정말 태어나고 싶어서 태어난 걸까? 만약 우리 영혼이 스스로 삶을 선택한 것이라면, 나는 결코 우리 인생 스토리에 토를 달지 않을 것 같다. 그래야만 조금은 말이 될 것 같다.

그냥... 그랬으면 좋겠다.

의미 있는 삶.

특별함은 늘 아름다움과 멋스러움을 품고 인간을 유혹한다. 하지만 아이는 그런 특별함이 아닌, 그저 다른 친구들처럼 평범함을 꿈꾸었을지 모른다. 삶에 커다란 의미를 부여하는 데 익숙한 인간은, 그래야만 스스로 더 의미 있고 가치 있는 존재라 여긴다. 어쩌면 그것만으로도 인간은 꽤나 창조적인 존재다. 그리고 그것은 정말 의미 있는 진화였을지도 모른다. 그렇게 탁월한 존재들이 공존하는 세상은 참 아름답기도 하고, 때론 그지같기도 하다.

Outro

특별하지 않을 수도 있다.
우리는...

특별한 삶을 기대하고, 특별한 내가 되길 바라며, 아름다운 세상과 아름다운 사람들을 꿈꾼다. 하지만... 전혀 그렇지 않은 모습들.
모든 것은 그렇게 공존하고 있었다.

인간을 바라보게 되었다.
불완전한 존재.

인간의 불완전함. 그 불완전함 속에 따뜻한 사랑이 모든 걸 이길 것 같고, 때론 지독한 욕망은 모든 걸 앗아가 버리기도 한다. 불완전한 인간 앞에서 아무런 저항도 할 수 없는 인생. 그런 인생도 우리 곁에 분명 존재한다. 그런 인생은 왠지 모르게 진리라 떠드는 이야기와 어울리지 않는 인생 같다. 이것도 아니고, 저것도 아닌 희미하고 뿌연 색깔도...
　분명 존재한다.

Outro

창밖의 바람이 잠시 흔들렸다.

말하지 않은 수많은 이야기들이, 그 바람 속에서 흩날리는 듯했다. 머릿속에 처음 떠올렸던 생각들을 정리하고, 눈으로, 귀로 느낄 수 있는 조각들을 만들어가면서 나는 부족함을 느꼈다. 그 느낌은 나를 오랫동안 멈춰 있게 만들기도 했다. 그리고 식어버린 나의 열정과 마음은, 무엇보다도... 슬프게 다가왔다. 그렇게 무기력에 굴복했던 시간들, 그리고 다시 열정이 타오르던 순간들 역시 모두 나의 진심이었다. 그 모든 진심이, 어쩌면 내 삶의 의미였는지도 모른다.

꽤나 오랜 시간이 걸렸다. 마지막으로, 이번 프로젝트에 함께한 모든 이들과 사랑하는 나의 부모님께 깊은 감사의 말을 전하고 싶다.

이번 프로젝트는 "N.A.O.S(No Answer Our Story)"였다.
"우리들의 이야기에 정답은 없다."

이야기를 듣고, 음악을 읽다.
김용욱(필통밴드)

S.T.O.P
〈당신의 인생은 기억되지 않았습니다.〉

초판 인쇄	2025년 10월 13일
초판 발행	2025년 10월 28일
지은이	김용욱
발행인	김동수
편집인	채정은, 김은진
디자인	배민정
앨범커버	드뵤, Getty, CDD20
펴낸곳	필통뮤직스토리
등록	2025년 06월 02일 제 2025-000024호
주소	대전시 서구 배재로 262-22
이메일	philtongmusicstory@gmail.com
홈페이지	www.philtongmusicstory.com

ISBN 979-11-994742-3-9 03810

* 이 책은 내용의 전부 또는 일부를 재사용하려면 반드시 저작권자와 필통뮤직스토리 양측의 동의를 받아야 합니다.

* 책값은 뒤표지에 표시되어 있습니다.